生徒会探偵キリカS 1

著＊杉井光　絵＊ぽんかん⑧

「結婚詐欺までしてたのッ!?」

「ひかげさん、結婚したんですってっ？
いつどこでどなたとですかっ」
総務執

「歴史に学べばいい。一目瞭然だよ。
あたしもそうやって学んだ。
もしきみに学ぶ気があるのなら、話そう。
でもこれはほんとうに長い話になるよ。
どうする？」

「……聞かせてください」

登場人物
CHARACTER

生徒会総務執行部
会長

天王寺狐徹
(てんのうじ・こてつ)

生徒会総務執行部
会計／探偵(?)

聖橋キリカ
(ひじりばし・きりか)

生徒会総務執行部
副会長

牧村ひかげ
(まきむら・ひかげ)

中央議会
議長

神林朱鷺子
（かんばやし・ときこ）

生徒会総務執行部
広報

神林薫
（かんばやし・かおる）

生徒会総務執行部
書記

竹内美園
（たけうち・みその）

目次

CONTENTS

1 …… 11
2 …… 74
3 …… 134
4 …… 200

生徒会探偵キリカS 1

杉井 光

講談社ラノベ文庫

口絵・本文イラスト／ぽんかん⑧

1

幸か不幸か、ひとに裏切られた経験がない。

それはどう考えても幸せなことではないのか、不幸である可能性など皆無ではないのか、と思うかもしれない。でも、僕はつい最近、詐欺に関する本を読んでいてこんな記述に突き当たったのだ。

『詐欺師の仕事の本質は、実のところ、ひとをだますことではない。ひとに信頼されることである』

『信頼を勝ち得るために下準備し、投資し、演出する。そうして支払われる努力は、ある段階までは、まっとうな仕事として行われるそれとほとんど同じであることが多い』

『最後に裏切るかどうかだけが詐欺とそうでないものとを分ける』

なるほど、と得心したので、ついキリカに話してしまった。

「どうしてそんな本を読んでいるのっ？」

怒られた。聖橋《ひじりばし》キリカは制服のSサイズのブレザーすらぶかぶかになるようなちみっちゃい女の子だけれど、口調も目つきもたいへん辛辣だ。

「まさかまた新しい詐欺の参考にしようっていうの」

「人聞きの悪いこと言うなよ。ただ興味があって読んでみただけだよ」

「疑わしい。最後に裏切らなければ詐欺じゃないなんて、なんだか正当化のための言い訳みたい」

「いや、裏切らなきゃ詐欺じゃないのはたしかだろ。たとえば結婚詐欺なんてほんとに結婚したら詐欺じゃなくなるし」

「結婚詐欺までしてたのッ？」

「たとえばの話だよ！　聞けよ！」

　僕の周囲の人間（特に女性）は僕の話をぜんぜん聞いてくれないやつらばかりで、このときもキリカに必死に説明していたらもう一人が背後のドアから飛び込んできた。

「ひかげさん、結婚したんですってっ？」

　狭くて暗い会計室がいきなりライトアップされたかのような錯覚がやってくる。まばゆいアッシュブロンドの髪に琥珀色《こはくいろ》の瞳、頭のてっぺんから爪先まで華やかさしかないこの女性は竹内美園《たけうちみその》、今は生徒会の書記をやっている先輩だ。

「いつどこでどなたとですかっ」

　美園先輩は詰め寄ってきて僕の手をきつく握り、目を潤ませる。僕は身を引いて顔をしかめた。

「い、いや、あの、そんな話はしてな――」

「したのは結婚じゃない。結婚詐欺」背後からキリカがぼそりと補足する。

「なんだ、結婚詐欺でしたか」

「安心するところおかしくないですかっ？」

僕が声を荒らげると美園先輩は心外そうに言う。

「刑法第２４６条により詐欺罪は十年以下の懲役、判例によれば執行猶予がつくことも多いです。だから私は待っていればいいだけです。でも他の女性と結婚したら一生戻ってこないんですよ」

なるほど。……じゃねえよ。難しい単語並べられて一瞬納得しかけたわ。

「わたしは出所してもゆるさないから！」とキリカはむくれるのだが捏造《ねつぞう》に対して憤慨されても困る。

「だからですね、本で読んだ話ですよ。僕はなんにもしてないです」

その本の内容を美園先輩にもあらためて説明すると、彼女はなぜか目を輝かせた。

「そう、そうですよひかげさん！　その本に書いてある通りです、最後に裏切りさえしなければ詐欺じゃないんです！　ほんとに結婚しちゃえば大丈夫ですから私にはどんどん結婚詐欺してください！」

「ぜったいだめ！」とキリカがますますいきり立つ。

「どうしてだめなんですかキリカさん」

「それは、ぅう、ええと、ひかげは副会長なんだから書記の美園は部下でしょ！　結婚なんてパワハラでセクハラなの！」どんな理屈だ。意味わからん。

「その理屈ですと会計のキリカさんも部下ですからひかげさんと結婚できませんけど」

「あっ！　そ、それは」キリカは一瞬青ざめるが、すぐにはっとした顔になる。「だ、だからどうしたのっ、そんなのわたしはかまわないんだからっ」

そりゃそうだ。なんなんだよこのやりとりは。

「あの、そろそろこの話はおしまいに――」

「つまりあたしとなら結婚できるわけだね？」

いきなり背後のドアが開いて凜《りん》とした声が飛び込んでくる。振り返ると、逆光の中に立つ雄々しい立ち姿。二つに束ねた髪がライオンの尻尾みたいに揺れる。天王寺狐徹《てんのうじこてつ》、我らが生徒会長だ。名前も雄々しいが女性である。面白がっている表情を隠そうともしていない。ぜったいに乱入してくると思ってた。会計室は六畳間くらいの面積だがPCラックと本棚でだいぶ手狭で、四人も入ったら身体の向きを変えるのも一苦労になってしまう。しかし会長はわざわざ後ろ手でドアを閉めて言った。

「会長と副会長はともに選挙に出馬して選ばれる立場だから上下関係はない。対等だ。結婚してもパワハラにはならない」

「ぜったいだめ！」とキリカが椅子から飛び降りる。

「狐徹は私で我慢してくださいっ」と美園先輩が髪を逆立てる。

「セクハラには……なるんじゃないですかね」僕はおそるおそる進言した。

「失敬な」と会長は柳眉をひそめる。「王者の器たるこのあたしがそんな下賤《げせん》なハラスメントなぞするものか。やるとしたらもっと高貴なハラスメントだよ」

「ハラスメントの時点で下賤でしょうが！　なんですか高貴って」

「強いて言えば、ヴァルハラ」

「意味わからんわ」

「ヴァルハラってなんでしたっけ、聞いたことありますけど」と美園先輩は首を傾げる。

会長は自信たっぷりに答えた。

「北欧神話の最高神オーディンが最終戦争《ラグナロク》に備えて死せる戦士たちの魂を集め、戦乙女《ヴァルキリー》たちに性的なサービスをさせて歓待するという、ヴァルキリー・ハラスメントの略だ」

「七割くらいまで正しいこと話してからいきなり捏造下ネタにつなげるのやめてくれませんかねっ？」

「男はみんな、水着みたいな鎧《よろい》をつけた北欧系の金髪巨乳女性に歓待されるのが大好きだからね」

「ひかげのばか、ふけつ！　北欧産の大きくてぽいんぽいんなのが好きならムーミンでも一生もふもふしてればいいのに！」「会長が言ってるだけだろ！」「ひかげさん、私は北欧系じゃなくてドイツ系金髪巨乳だけどがんばりますから！」「なにをっ？　ていうかその自己紹介はどうかと思いますけどっ」

「ちなみに北欧神話の伝承によれば、世界一有名なヴァルキリーであるブリュンヒルデは英雄シグルズに結婚詐欺を仕掛けられているね」

「そこで結婚詐欺に話戻すのかよっ？　さんざんどうでもいい下ネタで引っかき回したくせに！」

「ひかげなんてムーミン谷のじゃがいも畑の肥料になっちゃえばいいのに！」

僕がなにをしたっていうんだよ？　キリカにそこまで言われる理由はないぞ？

とにかくこんな暗くて狭い部屋に四人も押し固まっているからおかしな事態が終わらないんだ、ひとまず逃げだそう、と僕がドアノブに手を伸ばすと、いきなりドアが開いて光が室内に差し込む。

「あ、みなさんそろって会計室にいたんですね！　せんぱいの結婚の話ですか？　外まできこえてましたよ」

神林《かんばやし》薫《かおる》くんだった。中等部一年生にして文化祭実行委員長という大役を勤めあげ、天王寺狐徹の寵愛《ちょうあい》を勝ち得てこのたびめでたく総務執行部の広報に抜擢《ばってき》された逸材。清涼感あふれるおかっぱ頭に愛くるしい笑顔、少女にしか見えないけれど立派な男の子であ

る。寮での僕のルームメイトでもある。

「ぼくもその話ききたいです！　しつれいしまーす」

　薫くんは小柄なので、すでに満杯の会計室にも問題なくするりと入ってきてドアを閉められてしまう。鮨詰《すしづ》めで身体の前も後ろもだれかに密着しており身動きがとれない。

「ちょ、薫くん、外出ようってば」

「でもせんぱいの結婚なんて大事なお話、部外者に聞かれたらこまります」

「そもそもそんな話は——ああ、うん、聞かれたら困るのはたしかだけどっ、でも薫くんまで入ってくることないだろ、関係ないんだし！」

　僕が言うと薫くんはちょっと不満げな顔になる。

「せんぱいと結婚って話ならぼくだって無関係じゃないです！　……あ、でも神林道場を継がなきゃいけないからせんぱいは婿養子ってことになりますね。神林日影《ひかげ》、すごくかっこいいです！」

「い、いや、なに言ってんの？　薫くんは男の子でしょ？」

　薫くんは目をぱちくりさせる。

「え？　せんぱいと結婚するのはねえさまですよ、ぼくじゃないです」

「……あ、ああ！　そ、そうか、そういう話ね」

　僕はわざとらしく何度も咳払《せきばら》いした。薫くんには朱鷺子《ときこ》さんという姉がいるのだ。恥ずかしい勘違いをさらしてしまった。もちろんこんな隙を他の連中が見逃すはずがない。さっそく総攻撃がやってくる。

「普通は朱鷺子の話だとすぐに理解できるだろうに、薫と結婚するなんて発想が最初に出てくるあたり、ヒカゲもだいぶ覚醒してきたね」

「ひかげさん、いくら薫さんと寮で同室だからってそこまで関係が進んでたんですかっ」

「ひかげの見境なしっ！　ひかげなんてカルヤランピーラッカに詰め込まれてムーミンパパに食べられちゃえばいいのにっ」

三人同時なうえに意味のわからない罵倒まで混ぜられてはどうつっこんでいいかもわからず完全にお手上げである。

けっきょく僕を救い出してくれたのは、噂《うわさ》をすれば影の朱鷺子さんだった。

「なにしてるのよあなたたちは、こんな狭い部屋に五人もぎゅう詰めで……」

会計室のドアを開けて姿を見せた彼女は、僕らを見渡してあきれた口調で言う。武家の姫君を思わせる凛とした黒髪の女性なので、糾弾されるとこっちは縮こまってしまう。

「ねえさま！」と薫くんは顔を輝かせる。「今ちょうどせんぱいの結婚相手の話をしていて、結婚するのはねえさまですよって言ったらせんぱいは『そうか』って言ったんですよ、やりましたね、日取り早く決めなきゃ」

「言ってねえよ！　いや、言ったけどそういう意味じゃなくて！」

薫くんの言葉を遮るのも遅すぎた。朱鷺子さんは真っ赤になって肩をわななかせている。まずい、かなり怒らせてしまった。

しかしありがたいことにそのときの朱鷺子さんは着火しなかった。ふうっと大きく息を吐き出して言う。

「……どうせ狐徹や竹内さんがからかい半分で話を広げたんでしょう。薫、あなたまでいっしょになって騒がないの」

僕は感涙しそうになった。朱鷺子さんだけは僕の味方だ、流れに乗っかって僕をおちょくったりしないで冷静でいてくれる。

「失敬なことを言うな、朱鷺子」会長がわざとらしく嘆息する。「あたしはからかい半分じゃない。百パーセントからかってる」「あんた最低だな！」

朱鷺子さんの嘆息には同情の念がにじみ出ていた。

「牧村《まきむら》くん、あなたも副会長になったんだから、そろそろあしらい方を憶えなさい」

僕は恐縮してしまう。

「すみません。朱鷺子さんも嫌ですよね、僕と結婚とかどうとか、たとえ冗談でも」

「嫌だなんて言ってないじゃないっ」

いきなり朱鷺子さんは声を荒らげた。まだ耳が赤いままだ。

「え、あ、あの？　……ごめんなさい？」なぜ怒られたのかわからない。

「あ……」朱鷺子さんもはっと口を手で覆う。「嫌じゃないとも言ってないわよっ?」

「……はあ。だからつまり、嫌ですよねやっぱり」

「だからそんなことも言ってないって言ってるでしょうっ」

わけわかんねえ。けっきょくこの人も引っかき回す側か。

その場を収束させたのはあまりにも意外な人物だった。

「はいお邪魔ー。いつでもみんなの毎日の暮らしを監査してる郁乃《いくの》さんやで」

生徒会室に入ってきたのは茶髪に眼鏡のいかにも狡賢《ずるがしこ》そうな女子生徒だった。監査委員長の久米田《くめた》郁乃さんだ。彼女は一同を見渡して言う。

「ひかげ君の結婚話で盛り上がっとるようやね? 悪いけどひかげ君の結婚相手はもう決まってるんよ」

「えええええっ?」

僕は素っ頓狂な声をあげる。美園さんが青い顔をして真っ先に郁乃さんに詰め寄る。

「ど、どなたですかっ、私そんなの聞いてません! まさか郁乃さんあなたですかっ」

「そないなわけあるかいな。ちょっと考えればすぐわかることやで。ひかげ君と長いこと同居してて名字も同じで戸籍も一緒のごっつ美人さんがおるやろ」

「あああああっ! そう、そうか、ひなたさんですね……それじゃしかたないです、勝ち目ありません」

「ひなたは姉貴だよ！　名字も戸籍も住居も同じなのは当たり前だろが！」

「ひかげ君の雑なツッコミおおきにな！　ほなこの話はおしまい」

僕のツッコミ以上に雑な締めくくり方だったが、とにもかくにも不毛ないじくりの連続を終わらせてくれた。感謝しなければ。

「今日は年に一度のお楽しみの日やで。ひかげいじりに精出しとる場合やない」

「なにかあるんですか？」

僕が訊《たず》ねると、眼鏡のレンズの奥で郁乃さんの目がコンパスで描いたくらい白々しいまん丸になる。

「ひかげ君、副会長にまでなったのにその無知っぷりはやばいで」

「すみません……この学校、憶えなきゃいけないこと多すぎて」

「生徒会選挙が終わったんやから、次は当然――」

郁乃さんが言いかけたとき、両開きの大扉にノックの音がした。

「失礼いたします！」

入ってきたのは、真っ白な軍服を着た一人のいかつい男子生徒だった。ぴんと腿《もも》を上げた軍隊式の行進で僕らの目の前までやってくると、靴のかかとを気持ちよく打ち鳴らして気をつけの姿勢になる。

「投錨《とうびょう》ッ」

彼は言って、軍帽をとった。見知った顔だ。選挙管理委員長の、ええと、武蔵《むさし》さんだったっけか。

「いよいよ中央議会議員選挙ですな。神林議長どの、バッジを預からせていただくであります！」

「ええ、今年もよろしくお願いします」

朱鷺子さんは制服の襟につけられていた――恥ずかしながらそのとき僕ははじめてその存在に気づいたのだが――小さな金色のバッジを外すと、武蔵さんに手渡した。

「生徒会長どのと監査委員長どのの立ち会いのもと、たしかにお預かりしました。では、抜錨ッ」

武蔵さんは敬礼して部屋を出ていった。

「中央議会の選挙、でしたか」と僕は郁乃さんと朱鷺子さんを見やる。「この時期だったんですね。でも、なんか全然盛り上がってないような……。新聞部とか放送部も静かだし、選管の人も、たしか会長選のときは十何人かで一斉に来ましたよね。今日は武蔵さんひとりだけで……」

「世間は冷めてても、うちは大興奮やで！　ついにこの日がやってきたんや！」

「ああそうそう、なにが年に一度のお楽しみなんですか」

僕が訊ねると郁乃さんは朱鷺子さんのブレザーの襟をぐいとつかんだ。さっきまで議員バッジがつけられていた場所だ。朱鷺子さんは迷惑そうな顔をするが、郁乃さんはかまわず興奮気味に言う。

「中央議会議員にはな、監査委員の調査を拒否できる特権があるんや。国会議員の不逮捕特権みたいなもんやね。せやからうちがいくらときちゃんを取調室に監禁してパンツの中身まで調べ尽くしたくてもでけへん。けど、今このときをもって選挙期間に突入！　ときちゃんは議員ではなくなったわけや！　さあさあじっくりたっぷりねっぷり監査させてもらうで！」

郁乃さんは眼を欲望で爛々《らんらん》と光らせて朱鷺子さんを押し倒そうとした。朱鷺子さんの身がすっと沈み込んで腕が一閃《いっせん》、神林流奥義・無心羽衣返し（僕がてきとうに命名）が炸裂《さくれつ》し、郁乃さんの身体は錐揉《きりも》み回転しながら吹き飛んで応接セットのソファに墜落した。

「それじゃバッジ引き渡しも終わったし失礼するわ。話し合うことも特にないわよね。議員選挙なんて結果は見えているし、今さら問題も起きないでしょうし」

朱鷺子さんはあきれて言うと、いち早く生徒会室を出ていった。


しかし、やはり問題は起きてしまうのである。今回僕が書き記すのは、朱鷺子さんにまつわる事件だ。

冒頭に書いたことを繰り返すが、僕はひとに裏切られた経験がない。それは実のところ、ひとを信頼した経験がないからかもしれない。

この事件において、僕は生まれてはじめて明確な背信行為を目の当たりにすることになる。心が痛む経験でもあり、心が躍る経験でもあった。

けれどそれはもう少し後の話。このときの僕はまだ、現状認識に右往左往するばかりだった。

＊

生徒会室に会長と二人だけになったタイミングを見計らって訊《き》いてみた。

「それで、今さらなことですけど、なんで議員選挙の方は盛り上がらないんですか」

他の面々がいないときに質問したのは、郁乃さんに指摘されたとおり、今や総務執行部の副代表というそれなりの立場にありながら、未だにこの白樹台《はくじゅだい》学園について知らないことが多すぎて恥ずかしかったからだ。

「会長選もお祭り騒ぎだったし、うちの学校なら議員選もエンタメにしちゃおうって風潮になりそうなものですけど」

「そうならないようにしてきたんだよ。あたしと朱鷺子が四年間かけてね」

会長はデスクの椅子で脚を組んで自慢げに言う。

「まず選挙期日を会長選直後のこの時期に移した。学園じゅうが体育祭・文化祭・生徒会選挙、と大規模イベントの連続で燃え尽きているから盛り上がる気力がない。くわえて、立候補という手続きがなく、全校生徒が候補者でだれにでも投票できるシステムだから、わかりやすい対決構造が生まれづらい。おまけに中央議会の役割はとても地味だ。盛り上がる理由がない」

「はあ。わざわざそうしたんですか。どうして？」

僕の素朴な疑問に会長は肩をすくめる。

「もう半年以上あたしのそばにいて、そんな質問が出てくるなんて哀しいね」

「ああいや、ちょっと待ってください、自分で考えます」

僕は両手を広げて会長の言葉を押しとどめた。一度は刃《やいば》を交え、強敵だったと認めてくれた人なのだ。失望されたくなかった。

「……ええと、議会を衰退させて……いずれ潰すため、ですか」

「正解」

会長はにんまり笑って立ち上がり、デスクを迂回《うかい》して僕の目の前までやってくると、犬でもいじくるようにあごの下を指でなでてくる。僕はびっくりして一歩跳《と》び退《の》く。いきなり触るのはやめてほしい。

「議会こそ民主主義の根源だからね。来期をもって消滅させる。これから一年間、中央議会は権限の移譲先を議決するだけの場になるよ。そして我々のささやかな議会の臨終を看《み》取《と》ったら、次は実社会で試す番だ。あたしの建てる国に議会は必要ない」

「必要ない……ですか？　民主主義はともかくとして、みんなで知恵を出し合って議論する場は要るんじゃ……」

僕のたいへん凡庸な見解を、会長はけらけら笑い飛ばした。

「それじゃあきみは議会が政治について議論する場だと思っているわけ？」

「ちがうんですか。……いや、あの、僕だって実際の国会がぜんぜん政治について話し合ってないとかそういう批判されてるのは知ってますよ。でもそれは政治家が問題あるからであって、議会そのものがいけないわけじゃないですよね？」

「残念ながらきみの認識はとても牧歌的な寝言だね。議会はそもそも政治について議論する場じゃない。これは即座に証明できる。小学生でもわかることだよ」

「小学生以下ですみません……」

会長は愉快そうに僕の鼻の先を指でつついた。

「簡単な話だよ。議会では野次が認められている。したがって議論の場ではない」

ぽかんとする他なかった。

「……いや、まあ、そうですけど、……でもそれは」

「日本に限った話ではないよ。議会制政治の本家本元である英国からして『野次は議会の華』だの『ウィットに富んだ野次は議論を円滑にする』だの『野次への対応によって壇上での演説力が鍛えられる』だのと言われている。しかしこれはもちろんすべて妄言だ。議論の基本はまず他人の主張をよく聞くこと。だから発言者以外は静聴するのが当たり前の大前提だね。野次る参加者は議論の場からは退席させられるのが当然だ」

「ううん、まあ、その、たしかに国会中継とか見てると野次るのはやめた方がいいとは思いますけれど……」

「だからね、そういう話じゃない。野次はやめるべきだなんてあたしは言っていない。もっと大切なものの見方がある。議会では野次が認められている、ゆえに議会は議論の場ではない。この現状をありのままに受け入れる認識がまず肝要なんだよ」

頭を抱えた僕を見て会長は追い打ちをかけてくる。

「納得できないならもうひとつわかりやすい論拠を挙げよう。日本の国会の定数は衆参それぞれいくつか知ってる？」

「うっ……」僕は言葉に詰まった。「たしか衆議院は五百……もうちょい減ったんでしたっけ。参議院は衆議院の半分くらい、だったような」

「まあ、そんなところだ」会長は苦笑する。「定数はころころ変わっているからね。さて、ひとつの会場に何百人も集まってひとつの議題について話し合えると思う？」

「それは、ううん、喋《しゃべ》るのはせいぜい数人で、他は参加できないでしょうね」

「そう。議員は議論をするには多すぎる。ゆえに議会は議論の場ではない」

「さっきから不安なんですけど、そんな簡単な話にしちゃっていいんですかね……」

「なぜいけない？　難しく考えようとしたって真実が曇るだけだよ」

　僕はふうっと息をついて、キチネットに行くと二人分のコーヒーを淹《い》れて戻ってきた。放課後になったばかり、十一月末の太陽もまだ高く、時間はたっぷりある。長い長い話になりそうだった。

「現状を受け入れるのはわかりました。じゃあ議会ってなんなんですか？　議論じゃないとすると、ええと、政治についてそれぞれ政治家が好き勝手にわちゃわちゃ言い合うだけの場だってことですか」

「それもちがう。議会は政治についてなにかをする場ですらない。なぜって、議員は政治をする人間じゃないからだ」

　頭痛がこみ上げてきた。

「ちょっと意味がわからなくなってきましたけど……議員が政治をしないなら、じゃあ、なにをする人たちなんですか」

「逆に訊こう。どうやったら議員になれる？　政治について勉強し、素晴らしい政策を考え出す能力を身につけたら、それだけで議員になれる？」

「……いえ。選挙で選ばれなきゃなれませんよね」

会長は眼を細めてうなずいた。

「その通り。だから議員になる人間というのはとりもなおさず選挙に勝つ能力が高い人間なんだ。この能力は実はものすごい代物なんだよ。国会議員ともなれば万単位の票をかき集めなきゃいけない。並大抵の人間にできることじゃない。なぜ政党が争ってでも芸能人やスポーツ選手に頼み込んで候補になってもらうかといえば、選挙に勝つための得がたい能力のひとつをすでに持っているからだ」

「はあ。タレント議員ってやつですよね。でも、よく批判されてますけど。政治のことをよく知りもしないのに知名度だけで当選して……って」

「あれは議員を批判する方が愚かだよ。タレント議員に限らず、政治能力がない政治家を批判するなんて愚の骨頂だ。だって選挙で選んでいるんだよ？　選ばれるのは選挙に強い人間に決まっているじゃないか。たとえばサッカー日本代表を決めるのにマラソン大会をやるようなものだね。選ばれるのは当然ながら長距離走に強い選手だ。そうやって選んでおいて『あいつらはサッカーが下手だ！』なんて叩《たた》いている人間がいたらそっちの方が愚かしいだろう？」

「ううん、まあ……」

僕はコーヒーで口を湿らせた。石灰みたいな味がした。

「でも、良い政治をする人かどうかって考えてみんな投票するわけですよね。だから、その、政治能力がある人がやっぱり選ばれやすいんじゃ」

「そう、その建前で民主主義は選挙という制度を続けてきたんだ。でもまったくの寝言だ。有権者が候補者の政治能力を見極めるなんて不可能だからね。愚民だからではないよ。できなくて当然なんだ。だれしも自分の仕事があり生活がある。政治について深く研究する余裕のある人間なんてごく少数だ。それに、政治というのはやってみて十年二十年たってようやく功罪が明らかになるんだ。どれだけ学んだところで、政治家になる前の人間の政治能力を測るなんて無理だよ」

そこまで言ってから会長はようやくコーヒーカップに口をつけてくれた。どうやら凡庸な僕が質問を挟むタイミングがまた巡ってきたようだった。

「どういう人が議員になるのかは、まあわかりました。でも、能力うんぬんは置いとくにしても、とにかく投票してくれた人から政治を任されて議会に出るわけですよね。それなのに政治をする人間じゃない、っていうのは……意味がわからなくて」

「ふむ。……なにを糸口に話そうか」

会長はしばらく手にしたカップのコーヒーから漂う湯気の行く先をじっと見つめて考え込んでいた。やがて僕の顔に目を戻す。

「きみは『一票の格差』問題を知ってる？」

「じゃあ説明してみて」と意地の悪い笑み。

「ええまあ、一応」

「あれですよね、人口の少ない選挙区だと、すごく少ない票数で当選できちゃう。人口の多い選挙区に比べて一票の重要性が高すぎて不公平だ、っていう」

「そういうことだ。この日本においては、特に選挙区の大きい参院選で格差が生まれやすく、しょっちゅう選挙の無効を主張する訴訟が起こされ、憲法第14条にうたわれた全国民の平等という規定に反している、という判決が何度も出ている。ところで」

そこで会長は言葉を切り、デスクに向き直ってノートPCをなにやらいじくった。傍らのプリンタが静かに作動して、一枚のプリントアウトを吐き出す。印刷されているのは日本列島の全体図だった。四十七都道府県が線で区切られている。

北海道から沖縄までを、会長の細い指がゆっくりとたどる。

「すべての選挙区の有権者数がぴったり同じ、ということはまずあり得ないから、選挙区制を採用している限り必ず一票の格差は生まれてしまうことになる。しかし、違憲判決を受けても『選挙区というシステムをなくそう』という法案は一度も出てこなかった。施される措置はあちこちの定数を削ったり増やしたり、選挙区をくっつけたり、といった場当たり的なものばかり。衆議院なら二倍未満の格差は許されるだろう、参議院なら四倍までは大丈夫だろう……というような考え方でせせこましいつぎはぎが行われてきたわけだが、そもそも100倍だろうが1・01倍だろうが格差は格差だ。平等をうたうなら完全になくすべきだ。全国を単一の選挙区にする以外にあり得ない」

「いや、あの、それは——」

なぜ僕が必死になって現行の政治システムの弁護をしなきゃいけないんだろう、と疑問に思いつつも、思考を巡らせた。

「そんなことしたら、人口の多い都会で支持されてる人ばっかりが議員になっちゃいますよね。田舎が政治に関われなくなって放置されちゃうんじゃ」

「そう、それもまたよく持ち出される論法だ。さっき挙げた『議員が多すぎる』のもその考え方によるものだね。議席がじゅうぶんに多くなければ行き渡らない地域が出てくる。しかしそれならその考え方を貫いて、『一票の格差なぞ法の下の平等には抵触しない』と堂々と言い張り、各選挙区に機械的に同じ数の議席を割り当てればいい。実際にアメリカの上院議員はそういう仕組みだ。でもこれは少数の例外。アメリカでも下院の議席は各州の人口比に応じて配分されているし、他の民主制国家を見渡してみても同様のやり方が多数派だね」

「それも、ううん、そうしないと不公平だからじゃ……」

「うんうん、ヒカゲ、良い反応だ。実に小市民的で凡庸であたしが望んだ通りに言葉を運んでくれるね。ひょっとしてあたしの言いたいことを最初からすべて承知の上で演技してつきあってくれているのかな？」

　僕はむくれた。

「そんなに頭が良かったら会長選で負けてませんよ」

　会長は金属音みたいな笑い声をたてる。

「たしかにね。さてきみは、格差がないのも、格差を厭《いと》わず議席を同配分するのも、どちらも不公平だと言っていたね。大多数の一般市民も似たような感想を抱くだろう。なんの抜本的解決にもなっていない定数是正だの選挙区再編だのといった中途半端な微調整を続ける理由は、それだよ。不満が出ないようにしているんだ」

「不満が出ないならべつにいいじゃないですか」

「まさに」

　得心の笑みを浮かべ、会長は日本地図のプリントアウトで顔を扇《あお》いだ。

「民主主義は国民から不満が出ないようにするために生まれ、尖鋭化《せんえいか》してきた政治形態なんだ。なぜなら国民の不満は溜《た》まり続けるといつか爆発して内戦を引き起こすからだ。とにかく不満が怖い、内戦が怖い、流血が怖い……その恐怖が噴き出さないようにと必死に穴をぼろ布でふさぎ続けてきた、そんないびつなぬいぐるみこそが民主主義の正体だよ。議会も不満を抑えるためだけに存在する。行われるのは政策議論ではなく、国民の意思決定が政治につながっているように見せるためのパフォーマンスなんだよ。野次が許されて

講談社ラノベ文庫

2019.12
ラノベ文庫通信
kodansha Lightnovel news

講談社ラノベ文庫&
Kラノベブックス
2019年12月の新刊
大好評発売中!!
毎月2日ごろ発売

講談社ラノベ文庫

白樹台学園の生徒会メンバーが帰ってくる!
大人気シリーズ再始動!

新作

生徒会探偵キリカS1

著:杉井光 イラスト:ぽんかん⑧

定価:本体660円(税別)

生徒数8000人超の巨大学園に君臨する生徒会で、副会長となった僕。会計を務める聖橋キ
リカには、もうひとつ別の顔があった。それが《生徒会探偵》――持ち込まれる学園のトラブ
ルを持ち前のとんでもない推理力で一発解決する仕事だ。中央議会の議員選挙では議長の
朱鷺子さんが正体不明の裏切り者の存在に悩まされ、押し迫るクリスマスを前にしては四ク
ラブ合同の『第九』コンサートに妨害工作や内紛が相次ぎ、キリカも僕も新シーズン開始から
東奔西走の大忙し! ハイテンション学園ラブコメ・ミステリ、待望の新章開幕!

※このイラストは最新刊のものではございません。

ごろ発売!!
ーップ
なる場合がございます。

第9回 講談社ラノベ文庫 新人賞選考結果発表

優秀賞	フルムーンサルト	深雪深雪
佳作	俺がピエロでなにが悪い!	白井ムク
佳作	油断出来ない彼女	江山孝志

KODANSHA LIGHTNOVEL

第11回 講談社ラノベ文庫 新人賞募集中!

イラスト:鶴崎貴大

賞金	大賞	優秀賞	佳作	奨励賞
	300万円	100万円	30万円	10万円

1次選考通過者以上の方には評価シートをお送りします!

締切 2020年5月10日(日)

応募要項などの詳細は新人賞サイトをご覧ください。

http://lanove.kodansha.co.jp/award/

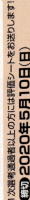

いるのもそのせいだ。何百人も列席していたらほとんどは話し合いになど参加できない。そこで野次る。あれは壇上の発言者を責めているのではなく、テレビ中継で観ている地元選挙区の有権者に向かって、自分はあなたたちの声を政治につなげていますよとアピールするために声を張り上げているんだ。議会ではなく戯会——というわけだね」

そこまで滔々《とうとう》と語ると、会長は手にしていた日本地図をくしゃりと握りつぶした。

「しかしもちろん、あたしの王国にそんな素人劇場は必要ない。潰すよ」

飲み干した憶えもないのに、僕のマグカップは空っぽになっていた。僕は同じく空の会長のカップをキチネットに持っていくと二杯目を注いで戻ってきた。

「納得していない顔だね？」

カップを受け取った会長は面白がって言う。

「ええ、まあ。納得していないというか、会長の話がほんとうかどうか僕に判断する材料がなくて」

「歴史に学べばいい。一目瞭然だよ。あたしもそうやって学んだ。もしきみに学ぶ気があるのなら、話そう。でもこれはほんとうに長い話になるよ。どうする？」

僕は両手で包み込んだマグカップの中の黒い液体を見つめた。かすかな湯気が僕の指の輪郭をぼやけさせた。

目を上げると、天王寺狐徹は笑っていない。静かに僕の言葉を待っている。

「……聞かせてください」

彼女が言った通り、ほんとうに長い長い話になった。その日じゅうに終わらなかったどころか、およそ二週間くらいにわたって放課後の一時間を費やし、講義を受けたのだ。たいへん興味深くスリリングな内容だったが、本書はあくまで生徒会探偵の事件を綴《つづ》るものなので、これ以降の講義については残念ながら割愛せざるを得ない。ただし、講義だけを一冊にまとめて『天才美少女生徒会長が教える　民主主義のぶっ壊し方』と題して別に出版することになった。おそらく今巻と同時に世に出ているはずなので、興味があればぜひ読んでみてほしい。僕と同じように、知識のジェットコースターによる酩酊感《めいていかん》をたっぷりと味わえるはずだ。

＊

これまでは、朱鷺子さんに逢《あ》いにいく、というと足を向けるのはきまって中央議会議場奥の議長執務室だった。

しかし、その十一月の終わりから十二月はじめにかけてのわずかな期間、彼女は議長ではなくなっていたので、執務室は使えない。そこで僕らは学食のカフェテリアで落ち合ってミーティングをした。なんだか新鮮な気分だった。

「もうちょっと人目のないところの方がよかったですかね」

テラス席の周囲を見渡して僕は朱鷺子さんにささやく。肌寒い初冬とはいえ、他にも何組かの生徒たちが遅めの昼食を摂っていて、ときおり僕らにちらと目を向けてくる。

「べつにかまわないわよ。聞かれて困る話をしているわけでもないのだし」

朱鷺子さんはそう言って、紙コップの温かい紅茶に口をつける。

「会長選のときなら情報漏洩《ろうえい》も気にしたけれど、議員選は争う相手がいるわけでもないし、結果もだいたいわかりきっているわ」

「そうですか。……でも、あの、なんか注目浴びてるし」

二つ隣のテーブルの女子生徒たちのひそひそ声が聞こえてくる。

「あの二人やっぱりつきあってるの？」「そうでしょ、だってあの天王寺会長に二人で対抗して」「あれすごかったよねえ、どきどきしちゃった」

根も葉もない噂が一人歩きしていやがる。

「ほら、ああいう噂が広まったら迷惑じゃないですか」

「牧村くんは、迷惑──なの？」

朱鷺子さんは切実そうな上目遣いで言った。握った紙コップの口が楕円形《だえんけい》になって潰れかけている。僕はあわてて首を振った。

「僕は、いや、あの、全然迷惑じゃないですけど」

「それならかまわないでしょう。私だってべつに迷惑じゃないのだし」

ぶっきらぼうに言ってから、朱鷺子さんは焦った様子で付け加えた。

「つまり、私と牧村くんが、つ、つきあっている——なんてのは事実無根だけれど、信じる人がいたところで牧村くんならまともな人だから問題ないということ」

「はあ。いいんですか。その、たとえば朱鷺子さんにちゃんと彼氏とか婚約者とかがいて、その人の耳に入って大問題になったりとか」

「いないわよっ」朱鷺子さんはいきなり声を荒らげた。「彼氏なんてっ、ましてや婚約者ってなに？　どうしてそんな話になるのっ？」

なぜ顔を真っ赤にしてまで怒るのか。僕は首をすくめて言う。

「だってほら、会長と生まれたときから婚約してたとか……あれは半分冗談でしょうけど、道場を継がなきゃいけないんですよね？　それで、そういう人がもう決まってるんじゃないかなって思って」

「決まってないったら！」

「すみません」

「江戸時代じゃあるまいし相手くらい自分で決めるわよ、とにかく私には今そういう相手はいないの、わかった？」

「は、はい、わかりました」

「私は今フリーで独り身ってことよ、わかってるのっ？」

「わかってますってば！　なんなんですかさっきから」

僕が言い返すと朱鷺子さんは「なんでもないわ」と赤い顔を伏せる。やっぱり変な噂立てられるの気にしてるんじゃないの？　僕この場に同席してて大丈夫ですか？

「もうこの話は終わりにしましょう。遊びにきたわけじゃないのだし」

「ほんとですよもう……」

朱鷺子さんはふっと息をついてブレザーの肩に引っかかった長い髪を払い落とした。

「といっても、中央議会議員選挙についてミーティングすることなんてほとんどないのだけれど。総務執行部内の担当者は牧村くん、あなたになったってことなのね？」

「ええ。副会長の仕事に慣れるにはちょうどいいだろう、って会長が割り振ってくれて。朱鷺子さんの様子をうかがうくらいしかやることないんですけど」

「そうね。私と狐徹が四年かけて少しずつ選挙制度を変えてきたから、波乱はほとんど起きないようになっているし」

「あ、そういえばどういう選挙制度なんですか？　全然知らなくて」

当たり前だが朱鷺子さんはあきれた顔になる。

「あなた副会長でしょう？」

「すみません……。会長に訊くのもなんだか恥ずかしくて」

「私ならいいっていうの？」

「朱鷺子さんにはもう色々と恥ずかしいとこ見せちゃってるからしょうがないかなって」

僕が照れ笑いすると朱鷺子さんも顔を赤らめて視線を少しずらす。

「……そうね、お互いに。会長選では色々とあったわね」

ところがこの会話も二つ隣のテーブルに聞きつけられてしまう。

「恥ずかしいところ見せ合ったんだって」「やっぱりそういう関係？」「朱鷺子姫が男子寮に押しかけたこともあるって聞いたけど」

「言葉に気をつけて、誤解されてるじゃないっ」

朱鷺子さんは耳まで真っ赤になって声を張りつめさせた。

「すみません……でもさっき誤解されたってべつにいいって」

「ああいう誤解は論外よっ」

こんな具合で話がさっぱり進まないから困った。十一月の日は短く、このままじゃ夕方になってしまう。

「ええとすみません、話を戻します。会長が言うには、議員選には立候補ってものがないって」

「そうね」朱鷺子さんは咳払いして声を落ち着かせる。「だれにでも投票できるわ。総務執行部役員と監査委員、それから選挙管理委員への票は無効だけど、あとの全校生徒が候補者よ」

「なんだか面倒そうですね……」

「どうせオンライン投票だからなにも面倒はないわよ。むしろ候補者を募るっていうプロセスがないから普通の選挙より手間は少ないわ」

それもそうか。しかし、あまり聞いたことのない仕組みの選挙だ。

「昔からそんなシステムだったんですか？」

「ちがうわよ。そもそも中央議会は去年、私と狐徹がつくったんだもの」

ああ、そういえばそんな話を聞いたような。

「似たようなものは昔からあったわよ。代表委員会っていう旧態依然とした組織で、各クラスから一人ずつ議員を選出して集めたもの」

「普通はそういうやつですよね。……って、ちょっと待ってください、各クラス？」

普通の学校なら当たり前かもしれないが、ここは白樹台だ。生徒数八千人超の巨大学園である。

「ええ。代表委員は二百五十人いたの」

僕は固く晴れ上がった冬空を見上げてため息を吐き出した。二百五十ね。会長の言葉を思い出してしまう。議員は議論をするには多すぎる、ゆえに議会は議論の場ではない。

「毎回の合議があんまりにも面倒だから定数を減らそう、っていう声はこれまでにも何度も出ていたらしいの。でも、それじゃあどういうふうに選挙区を合併するのか？　クラスを二つずつ、あるいは三つずつくっつける？　よく知らない他のクラスの生徒に投票なんてするだろうか？　……みたいな話が出てきてけっきょく改革は進まなかった。そもそも生徒会の制度なんてものにそこまで熱心になれる人間もいなかったし、みんななんとなく既存のシステムを受け入れてたわけ」

「長くても六年間しかいない場所だから、無理もない気がしますね」

「そういう家畜的な考え方は私は許容できないわね」

僕は縮こまった。この人も天王寺狐徹と同類、戦わずにはいられない人種だ。その刃のきらめきは僕にはちょっとまぶしすぎる。

「だから狐徹と二人で当選してすぐに抜本的に変えたわ。まず一年目は、クラスごとの選出枠を撤廃。クラスから必ず一名出すなんて不毛な押し付け合いになるだけだったから、全校から歓迎されたわね。代わりに各学科の学年ごとに立候補なしの投票をして、上位二名ずつを代表委員として選出する方式にしたの」

「あれ？　よく知らない他クラスの生徒に投票なんてできない、って問題になったんじゃなかったんですか」

「問題になるのではないか、と言い出す人がいただけのこと。理知的ぶるためだけになんにでもとりあえず苦言を呈しておく人間というのはどこにでもいるものよ」

うわあ。朱鷺子さん、最近は辛辣さを隠そうともしなくなっている。

「実際にやってみたらなにも問題は起きなかったわ。むしろ他のクラスの方が気兼ねなく投票できる、という声が多かったし、学年じゅうからの投票ともなればほとんど人気投票みたいなものだから、選ばれた側も悪い気はしない。ステータスも上がって、委員会の出席率もだいぶ向上したわ」

「はあ。うまくいったもんですね」

「まあ、『人気投票みたいなものだから代表委員にはステータスがある』という認識は、私が新聞部や放送部にそれとなく働きかけて広めたのだけれど」

あんたの仕業かよ。ほんと知れば知るほど怖い人だな。

「二年目は、学科学年ごとの選挙区も撤廃したわ。全校投票で上位五十名を選出。完全に人気投票になったわけね。学科別で選挙をやると生徒数にばらつきがあるから議席の配分が面倒なのだけれど、そんな煩雑な問題もきれいさっぱり一掃したの」

これも会長が言っていたことだ。一票の格差問題の根本的解決法、単一選挙区。

「そうして三年目は議席の定数というものをなくしたわ。諸悪の根源だったし」

僕は目をしばたたいた。

「……どういうことですか？」

「そもそもね、牧村くん。なんの議会でもそうだけれど、議員がみんな同じ一票ずつの議決権しか持っていないのはおかしいと思わない？」

「へ？」

「議員というのは、自分に投票してくれた人たちの意志を代表して政治に反映させるために議会にやってくるわけでしょう。それなら得票が多い議員は多数決においてそれに応じた票数を持たなければ、民意が正確に反映されているとはいえないでしょ。五万票で当選した議員が一票持つなら十五万票の議員は三票持つべきじゃない？」

「……はあ、いや、あの……」

いきなりの話なので僕は間抜けにも言葉をもぐもぐ口の中で転がすしかなかった。

「べつに無理してこの場でなにか答えをひねり出さなくてもいいわよ」

朱鷺子さんは僕の様子を見て苦笑する。

「あなたが思っていることはだいたいわかるわ。なんとなくその仕組みはまずい気がする、一部の人間に決定権が集中しちゃうのは危険では、理由ははっきり言えないが不公平なのでは……といったあたりでしょうね」

目をそらしてしまう。

「……だいたいそんなところです」

「昔からあるシステムって、実はそういう感情的で非合理的なものが多いのよ。感情の問題だから切り替わるときも一瞬。きっかけをうまくつくればいいだけ。私は選挙制度を段階的に改革していったし、その都度みんなから支持されたわ。どんどん面倒な部分を解消していったから」

朱鷺子さんは誇らしげに言う。

「今のシステムが完成したのが三年目。とてもシンプルよ。だれにでも投票できる。そして得票数100ごとに、代表委員会で一票を持つ。わかりやすいでしょう」

「……ああ、それで定数がないわけですね」

最低でも百票を集めれば議員になれる、いわば絶対評価選挙というわけだ。数が決まっている枠を争う相対評価選挙ではなくて。

「ええ。民意を議決になるべく正確に反映させる、というのがこの選挙制度の主眼だけれど、私のほんとうの目的はだれもが納得する形での議席数の大幅削減だったの。理論上は八十九名まで当選する可能性があるけれど、実際の票は人気の高い生徒に何百票と集中するものだから。三年目の代表委員はついに三十七名にまで減ったわ」

朱鷺子さんはそこまで話してから急に遠い目になる。

「もう昔の代表委員会とは完全に別物だったし、四年目には発展的解消させる形で中央議会をつくったわけ。生徒総会の議決権の大部分を委譲して、執行部がスピーディに仕事を進められるように効率化して……。ただ、あんな結果になるとは思っていなかったわ」

あんな結果。

一年前、天王寺狐徹はかけがえのないパートナーだったはずの神林朱鷺子ではなく、無名の編入生だった竹内美園を副会長候補に選び、四期目の当選を果たした。朱鷺子さんはその後、中央議会の議長におさまった。

「……怒ったりしませんでした？」

僕はおそるおそる訊ねた。

「怒ったわよ、もちろん」

朱鷺子さんはあまり怒ってなさそうな顔で言った。

「なにも知らされていなかったし。竹内さんをしつこく誘っていたのは知っていたけれど、たぶん執行部も人手が足りないから庶務として引き入れるつもりなんだろう、としか思っていなかったわ。それまでも狐徹は気に入った子がいたら軽々しく声をかけてたし。まさか私の代わりに副会長にするつもりだったなんて考えてもみなかった」

このあたりの話は、前にも少し聞かせてもらったことがある。ただ、そのときはあまり踏み込んで訊けなかった。朱鷺子さんにもわだかまりがあったようだし、僕の立ち位置も自分でよくわかっていなかった。

朱鷺子さんと共闘して敗れた今なら、訊ける気がする。

「会長に裏切られた、わけですよね」

「裏切られた——わけではない、わね」

朱鷺子さんは自嘲気味に答えた。

「だって私と狐徹はなにか約束していたわけではないし。もちろん私は四期目も当然自分が副会長を務めるものだと信じ切っていたから、その予想はたしかに裏切られたわけだけれど。狐徹に、ではなく、現実に、ね」

よくそんなふうに冷静に見られるものだな、と内心感嘆する。この人はほんとうに強い。天王寺狐徹の、あらゆる腐蝕《ふしょく》を寄せつけない黄金のような強さではなく、黒ずみをまとったまま鈍い光を宿し続ける銀の強さ。感情の問題は感情の問題として受け入れ、脇に置いて、あらためて現実を直視できる稀有《けう》な人間。

「狐徹の考えていることの半分くらいはさっぱり理解できないけれど——いつも口にしている、民主主義がどうの歴史がどうの王国がどうのとかね——でも中央議会に関しては、理解できるわ。私と二人で進めてきたプロジェクトだし。正直なところ、今になって冷静に考えてみれば、もし私が狐徹でも同じことをしたと思う」

「相棒を議員にするために、副会長から外す——ってことですか」

「そう。私たちがつくった選挙制度なら」そこで朱鷺子さんはいったん言葉を切って、なにやら言いにくそうに続けた。「ものすごく人気の高い議員が学園じゅうの票をかき集めれば、たった一人でも議会を牛耳れるわけだから。それが可能なのはあの時点で狐徹か私のどちらかしかいなかった。……なによ牧村くん、にやにやして」

「いえ、あの」指摘され、ゆるんだ頰を引き締めようとするのだが、無理だった。「そうやって人気があるの自覚してて、でも口に出すのはいちいち恥ずかしそうな朱鷺子さんって、かわいいなあ……って思って」

朱鷺子さんは耳の先まで真っ赤になった。

「あ、あ、あなたはっ、どうしてそういうことを面と向かってっ」

またも怒らせてしまったので僕はたじろぐ。向こうのテーブルからも女子生徒たちの小声の会話が再三聞こえてくる。

「面と向かってかわいいだって」「実際かわいいもんね姫様」「彼氏の前だとあんなに感情的になるんだね」「彼氏しか見たことないかわいいところがもっとあるんだろうなあ」

腰を浮かせていた朱鷺子さんは噂話を耳にして座り直す。咳払いして僕の方にぐっと身を乗り出し、目をつり上げて言った。

「見境なくそういうこと言うのやめなさい！」

僕は目を白黒させる。

「いや、見境なくは……ほんとにそう思ってなきゃ言わないですけど……」

「だからそういうっ」

声を荒らげた朱鷺子さんは、我に返って身を引いた。深呼吸して、乱れた髪を直す。

「やめましょう、この話は。ちっとも説明が進まないわ、まったく……」

「すみません……」

おべんちゃらだと思われているのだろうか。心外だった。でもそう説明すると重ねて怒らせてしまいそうなので黙っておく。

「……といっても、もうほとんど話し終えてしまったわね。あとは……今後の予定の話かしら」

「そうですね。朱鷺子さんは当選した後はどうするんですか。会長はなんかもう議会潰す気満々でしたけど」

「まだ当選すると決まったわけじゃないわよ」

「あっ……そ、そうでしたね」僕は上目遣いで付け加える。「でも、決まってるようなものですよね？」

朱鷺子さんは照れくさそうにまつげを伏せた。

「自分で言うのもなんだけど、……そうなるでしょうね」

「そういえば、得票数に応じて議決権増えるって話でしたけど、去年の朱鷺子さんは何票で当選したんですか」

気恥ずかしさがきわまったのか朱鷺子さんはそっぽを向いて言う。

「三千八百票よ」

「さ……」

　僕は絶句する。全校生徒のおよそ四割じゃないか。

　いや、票が割れる会長選においてすら二千を超える票を集めた人だ。独擅場《どくせんじょう》となる議員選ではむしろ少ないとさえ言える数字かもしれない。

「……って、ちょっと待ってください。中央議会で三十八票持ってたってことですよね、それってひょっとして、だいたいなんでも朱鷺子さんが決められちゃうってことじゃ」

「ひょっとしなくても過半数よ。私ひとりでどんな議題の可否も決められたわ。だから議決はすべて省略。議員たちからは面倒な手間が減ったって喜ばれてた」

　僕はあきれてため息をついた。学園の女王はここにもう一人いたのだ。どうりで、中央議会が議会っぽいことをしているのを一度も見たことがないわけだ。

「今の中央議会は、まあ、お茶会ね。予算関係の相談を受けたりもするけれど、予算を組むのはけっきょく聖橋さんだし」

「なんか、中央議会なんてべつに要らないんじゃないですかね……」

「みんなにそう思わせるために選挙制度を変えて、私ひとりに議決権を集中させたのよ。要らないという意見はじゅうぶん広まったわね」

　あ、なるほど。なんだか自分が凡庸な人間のサンプルとして体よく扱われているようでみじめな気分になるが、それはそれとして。

「じゃあ朱鷺子さんも、議会を潰すっていう会長の案には賛成なわけですか」

訊ねると、彼女はものすごくいやそうな顔をした。

「……そうね。そういうことになるわね」

それからあわてて付け加える。

「そもそも大勢を集めて話し合って多数決を採るような面倒なシステムは学校レベルの小さな社会には不要どころか有害なのよ、非効率的だから。これは狐徹どうこうじゃなく私が考えていたことで、たまたま狐徹と意見が一致しただけなんだから！　私だって中央議会はいずれただの諮問機関にまで弱体化させるつもりだったの！　狐徹の言いなりになるわけじゃないわよっ？」

「わかってますってば」

この人、会長への対抗意識をむきだしにしているときはほんと子供っぽくなってかわいいな。口に出したらまた激怒されるだろうから黙っておくけど。

「選挙が終わったら、議決権の委譲を段階的に進めていって、今年度中には中央議会は解散させるわ。これで満足でしょう？」

「はあ。……満足、って」

「あなたは私の監視役でしょう。狐徹に言われて、私が裏切らないかどうか見張りに来たわけよね」

今度は僕が視線をそらす番だった。

「……牧村くん、生徒会詐欺師のわりにはごまかすのが下手よね……」

朱鷺子さんは嘆息した。僕は苦い唾を飲み込んで言った。

「その役職名ほんとに定着しそうなんでやめてください。あの、ええとですね、基本的に正直者なんですよ僕は。そりゃあこれまでに何回か大嘘《おおうそ》とかハッタリとか使って人をだましたことがありますけど」

「十七回よ」

「数えてんのかよ！　予想よりはるかに多かったよ！　ええと、まあ、とにかくアドリブでさらっと嘘ついてごまかすのは苦手なんですよ。だから、すみません、はい、その通りです。会長に言われて、朱鷺子さんが中央議会を今後どうするつもりなのか探ってこい、って。もし議会を残すような方向で動きそうならそれとなく説得しろ、って無茶なこと言ってました」

正直に全部べらべら喋った。どうせ説得の必要はなくなったわけだし、朱鷺子さんが僕を監視役だと見抜くことくらい会長も織り込み済みだろう。

「それで牧村くんに監視・説得役を割り当てるなんて、狐徹もほんとに周到ね」

朱鷺子さんはあきれた口調で言う。

「周到……ですかね？　その、監視対象の朱鷺子さんにこんなこと言うのもなんですけど、僕には荷が重いっていうか……こうやってすぐ見抜かれちゃったし、僕なんかの説得で朱鷺子さんが動くはずないし」

するとと朱鷺子さんはむくれて顔をそむけた。

「そんなことないわよ。腹が立つくらい適切な人選よ」

「……え？」

「理由がわからないならいいわ」

変わらず不機嫌そうなまま朱鷺子さんは空の紙コップやストローをトレイに載せて立ち上がった。

「それじゃ、今日はこんなところね」


お互いの寮までの道が途中まで一緒なので、枯れ葉の積もったタイル敷きの遊歩道を朱鷺子さんと並んで歩きながらもう少しだけ話した。

「会長は、なんであんなに平然としてられるんですかね。長年相棒だった朱鷺子さんが、裏切るかもしれないなんて——まるで天気予報みたいに言うんですよ。ヒカゲちょっと見てきて、って」

「裏切りじゃないのよ、狐徹にとっては」

朱鷺子さんは淡く笑う。

「狐徹は他人を信じないもの。だから裏切られることなんて絶対にない。信じているのは自分の判断。あり得るのは失敗か成功、それだけ」

そういえば、そんなことを（たしか文化祭実行委員長選挙のときに）聞かされたっけ。

「それに、私はとっくに敵に回っているのよ。忘れてるみたいだけど牧村くんも。だから今さら裏切りもなにもないでしょう」

「ああ……言われてみれば、そう、ですね……」

「裏切れるものなら一度裏切ってやりたいわよ」と冗談めかして言う朱鷺子さん。「でも、もうそんな機会もないでしょうね。私たちの生徒会活動は今期で終わりだし、卒業したら私と狐徹がなにか一緒にやることもないだろうし」

「ない……ですか？」

「ないわよ。進む道が全然ちがうもの。私は経営を学びたいし、狐徹は——どこまで本気か知らないけれど、自分の国を造るんでしょう？」

体育館のそばで朱鷺子さんと別れ、トネリコ棟への道をひとりで歩き出すと、急にあたりの寒さが増した気がして、僕はコートの前をしっかり閉じて足を速めた。気づけば足元ばかり見つめていて、顔を持ち上げられなかった。

あと一年と少しで、会長や朱鷺子さん、美園先輩、郁乃さん……みんな卒業してしまうんだな。こんなにもはっきりと寂しさをおぼえている自分が意外だった。やるせなさで足が萎えてきて立ち止まってしまいそうになる。

いつの間にか、生徒会が僕の中のほとんどを占めるようになっていた。両親と姉から逃げ出すためだけに来たこの学園で、僕は心の種火を見つけた。大勢の人々から、たくさんのものをもらった。でも、いずれは僕も自分ひとりで自分のエンジンを回し始めなきゃいけない日が来る。

そう考えると足が止まりそうになった。情けない。

寮の部屋に戻ると、エプロン姿の薫くんが出迎えてくれた。室内を掃除している最中だったらしい。

「お帰りなさい、せんぱい！　ねえさまに逢ってきたのですよね？　どうでしたか、ねえさまはまたしても執行部に楯突《たてつ》きそうですか？　せんぱいの骨抜きにして屈服させて言いなりにする手管が今回も見られそうですかっ？」

「今回も、って言うな。いつそんな手管使ったんだよ」

「ぼくのときとか……」

「捏造やめてくれないかな……」

「せんぱいせんぱい、どうしたんですか」薫くんが真剣に心配そうな顔つきで駆け寄ってきて僕の顔を下からのぞき込む。「つっこみに全然元気がないですよ、前はもっと鋭くえぐるようにつっこんでくれましたよ」

「……そうだっけ？」

そうかもしれない。僕はコートを脱いで机に放り、二段ベッドの下の段に腰をおろす。

「思えばせんぱいは最近ずっと元気なかったです」

「そんな気もする」

「真夜中ぼくが添い寝しても気づかなかったですし」

「してたのかよ？　どうりで朝起きたときなんか変に身体がこわばってるわけだよ」

「そのつっこみにも全然キレがないですし……」

ひとの体調を漫才で測るのやめてくれない？

「燃え尽き症候群ですね、きっと」

薫くんに言われ、僕は「ああ」と思った。

「狐徹ねえさまを相手にあれだけ激しい選挙戦をやった後で、しかも結果として狐徹ねえさまの相棒におさまってしまったわけですからもうリベンジマッチの機会もなくて、なにと戦っていいのかわからなくてぐんにょりしてるんです」

「寒気がするくらい的確な分析ありがとう……」

シーツに上半身を投げ出し、枕に片頬を埋めた。なるほど、ぜんぶ薫くんの言う通りだ。僕は目標を見失っていたのだ。会長とはもう戦う機会もない。負けっぱなしだ。

——『裏切れるものなら一度裏切ってやりたいわよ』

朱鷺子さんの言葉を思い出す。今の僕は生徒会副会長なわけで、天王寺狐徹を裏切ろうと思えば裏切れる立場にいる。しかし、べつにそんなことしたくもない。そんなやり方で敵に回ったってしょうがない。

かといって他に戦う相手がいるわけでもない。

「せんぱいも難儀な人ですね」と薫くんが耳元で言う。

「……なぜベッドに入ってくる」

「添い寝しても気づかないかなって」

「気づくよ！　今は起きてるだろうが！　これで気づかなかったら元気どころか正気がないよ！」

「あ、ちょっとつっこみのパワーが戻ってきましたね」

「その喜び方こっちは全然嬉《うれ》しくないんだけどっ？」

「べつになにかと戦わなくたっていいじゃないですか。せんぱいは今や生徒会副会長ですよ、えらい立場になったんです」

「それ全然実感なくてさ。仕事内容も選挙の前とほとんど変わってないし」

任されるのは相変わらず雑用ばかりなのだ。気が楽だけど。

「会長と副会長は他の役員とは別格なんですよ、自分で仕事をつくるんです。ビジネスリーダーですから」

「……ますます自信なくなってきた……」

ビジネスって。こっちは高校生だぞ。そりゃあ、僕以外の執行部役員はみんな千万単位で稼げるやつらばっかりだけど。

「けっきょくさ、今までなんかごまかしつつやってきたけど、僕なんてはったり以外に特にできることもないんだよ。選挙戦みたいに戦う場所が用意されてればなにかできることもあるだろうけど、更地に放り出されたらなにしていいのかもわからない」

「そんなことないでしょ。ひかげはわたしに絵本を読んだりお菓子を買ってきたりひかげの餌やりをしたりいっぱい仕事があるでしょ」

「だからそれ全部雑用で――ってなんでキリカがいるのッ？」

声のした方を見上げるとベッド上段の縁から灰色の髪先と白黒のリボンがふわふわ垂れているのが見える。

「あ、ぼくが呼んだんです」

「え、い、いつからいたの」

「ひかげが人生全般に対してろくでもない悪態をつきながらそこのドアから入ってきたときから」「最初からじゃねえか！　そこまで人生に絶望してないよ、そこそこやってけてるよ、おかげさまでね！」

キリカははしごを使って上段からおりてきた。頭の上には茶褐色の毛玉が乗っかっている。我らがルームメイト、ホーランドロップイヤーのウサギだ。会長の心無い措置によって僕と同じ『ひかげ』という名前がつけられ、すっかり定着してしまった。今も、まるで自分が本家ひかげである、みたいな目で僕を見下ろしていやがる。

「キリカねえさまはぼくがせんぱいにベッドのなかでふとどきなことをされてないかどうか案じてたので、実際にぼくがベッドにもぐりこんだらどうなるかこっそり見ててもらおうと思って」「なんで僕そこ信用されてないわけっ？」なにすると思われたんだよ？

「今日のところは起訴猶予にしてあげてもいい」とキリカはウサギを抱いてじっとりした目で僕をにらむのだが、完全な濡《ぬ》れ衣《ぎぬ》でその言い方はひどすぎる。

「あと、キリカねえさまも最近せんぱいの覇気のなさをしんぱいしてて——」

「薫っ！　それは言わなくていいのっ」

キリカは薫くんをきつくにらんで言うと、ウサギをぎゅうぎゅう抱きすくめて僕に視線を戻す。ウサギはとても迷惑そうにキリカの手の甲をもむもむ噛《か》んだ。

「とにかくひかげはばかみたいにいつまでも燃え尽きてないで、ちゃんとわたしの助手っていう仕事に精を出して。わたしもこれから料金体系を一新してリニューアルオープンなんだから！」

聖橋キリカは、二枚の腕章をつなぎ合わせた大きなリングを首に巻くという珍妙なファッションで知られている。一枚はもちろん、生徒会会計の腕章。もう一枚は――

「……探偵、のリニューアル？」

「そう。前払い千五百円と後払い千八百円だけじゃ消費者の細やかなニーズに対応できないからリーズナブルからラグジュアリーまで豊富なプランを提供することにしたの」

なんかうさんくせえウェブサービス会社みたいなこと言い出したぞこいつ……。

「ひかげももう副会長なんだからビジネスチャンス創出を考えて」

「どうしたのキリカ、絵本やめてフォーブスでも読み始めたの？」

「わたしがビジネスに熱心なのは前からでしょ！　にわかみたいに言わないで」とキリカはむくれる。そういやそうか。株もやってたもんな。

「いやでもビジネスチャンス創出とかそんな意識高すぎなこといきなり言われても」

「頭が使えないなら足を使うの、ビラ配りとか」

キリカはブレザーの内ポケットから四つ折りの紙を引っ張り出してきた。広げてみるとこんな文句が書いてある。

『お悩み相談無料！　調査は¥３００から！　豪華コースあり・ポイントカード特典豊

富、今ならご入会費半額キャンペーン実施中！　生徒会室までお気軽にどうぞ！』

……フィットネスクラブかよ。

＊

しかし、役立たずの僕が営業に走り回るまでもなく、事件の方が舞い込んでくるのが白樹台学園の日常である。

十二月に入り、会長や朱鷺子さんが言っていた通り、中央議会議員選挙はまったくの無風の中でつつがなく投開票が行われた。少なくとも僕にはそう見えた。ところが開票結果が出てすぐの放課後、生徒会室に顔を出すと、朱鷺子さんが来ていて会長や美園先輩と深刻そうな顔を突き合わせていたのだ。

「想定外の結果だったわね……」

「当選者はみんな知っている人なんですか、朱鷺子さん」

「ええ、ほとんどが昨期からの連続当選だから」

「三年生の当選者が六人もか。さすがにあたしもこれは予想してなかった」

「どうしたんですか？」と僕は彼女たちに近寄った。三人がいっぺんに振り向く。

「ああ、ひかげさん。議員選挙の結果は見ましたか」と美園先輩。

「ええ。朱鷺子さんぶっちぎりのトップ当選でしたよね。なにか問題あったんですか」

「当選者が予想より多すぎるのよ」と朱鷺子さんは暗い顔で言った。「予想では昨期から六人減、でも結果は増減なし。私の票もだいぶ減っているし……」

「高等部三年生が何人も当選している、と言えばさしものヒカゲも異常事態だと理解できるだろう」

会長の言葉に僕は一瞬首を傾げ、それからすぐに目を剝《む》いた。

「って、三年生にも投票できるんですかっ？」

あと四ヵ月で卒業する人々だ。てっきり選挙からは除外されているものと思っていた。でもそういえば、朱鷺子さんは「総務執行部役員と監査委員、それから選挙管理委員への票は無効だけど、あとの全校生徒が候補者」だと言っていたじゃないか。高三生が対象外だとは言っていなかった。

「除外する理由がないからね」と会長は言う。「四ヵ月後に卒業する人間であっても自分の意見を代弁するにふさわしいと判断したのであれば投票すればいいし、その自由を制度的に殺したくはなかった」

「いや、でも、任期途中でいなくなっちゃいますよね。どうするんですか」

「どうもしないよ。それ以降欠席になるだけ。それに規約には卒業したら議員の資格を失うとも書いていないからその気があれば卒業生だろうが議会に出席してかまわない。これまでは高三の当選者なんて出なかったからだれも問題にしなかったけれどね」

「えええ……いいんですかそれ……」

　こうして集まって深刻そうに話しているということはやっぱり問題だったということじゃないのか。

「三年生が当選したこと自体は問題じゃないのだけれど」と朱鷺子さんは眉をひそめる。

「想定ではもっと議員が減るはずでしたものね……」美園先輩が言って、会長のデスクの上に広げられた一枚のプリントアウトに目を落とす。どうやら今回の中央議会議員選挙の開票結果一覧表のようだ。

・当選者	・獲得票数	・議決権
神林朱鷺子（理数科２年）	２５６４票	25票
有馬《ありま》瞳《ひとみ》（芸能科２年）	７５７票	７票
東堂《とうどう》芳輝《よしき》（芸術科３年）	６５０票	６票
丸川《まるかわ》茂《しげる》（理工科３年）	６１７票	６票
駒沢《こまざわ》志保里《しほり》（普通科２年）	５２１票	５票
芝木《しばき》隆介《りゅうすけ》（体育科３年）	４６６票	４票
小田原《おだわら》一成《かずなり》（体育科３年）	４２４票	４票

蝦名《えびな》美代《みよ》	（普通科1年）	389票	3票
栗嶋《くりしま》佐和《さわ》	（音楽科2年）	308票	3票
金子《かねこ》智則《とものり》	（普通科1年）	263票	2票
津永《つなが》基雄《もとお》	（普通科3年）	238票	2票
徳村《とくむら》孝太郎《こうたろう》	（音楽科3年）	202票	2票
大垣《おおがき》俊之《としゆき》	（情報科2年）	201票	2票
北村《きたむら》勲《いさお》	（商業科2年）	200票	2票
武藤《むとう》さなえ	（理数科1年）	157票	1票
浦城《うらしろ》穂乃美《ほのみ》	（商業科1年）	142票	1票

議員は全部で十六名。全員が高等部生だ。議決権の合計は……75票。25票を持つ朱鷺子さんはきっかり三分の一の議決権をひとりで支配していることになる。

「どっちみちこれなら朱鷺子さんがほとんど握ってるも同然じゃないですか？　議員が増えようがとくになにも変わらないんじゃ」

僕が言うと朱鷺子さんはため息をついた。

「通常の議案なら過半数で大丈夫だけれど、議会憲章の改正には三分の二以上の賛成が必要なのよ。今期やろうとしてることは大部分が憲章改正なの」

「三分の二……というと、ええと、50票、ですか」

朱鷺子さん以外に25票必要ということになる。

「もっと議員が減って議会をコントロールしやすくなると予想していたから、十六名は誤算だったわ」

朱鷺子さんは悔しげに唇を嚙む。

「この六人の高三生の方々は、みんな連続当選ですよね？」と美園先輩が名簿の名前を指でたどる。

「ええ。代表委員会時代からの古株ね。今期で議員引退の見通しだったのよ。これだけの票数を集めたってことはそれなりの集票活動をしてたってことになるわ……受験で忙しいだろうに、なぜそこまでして……」

会長がくつくつと肩を揺らして笑った。

「面白くならないようにと少しずつ弱らせてきた議会が、死の間際にいきなり面白くなるなんて皮肉だね。すべて思い通りに、とはいかないものだ」

「狐徹、他人事みたいに言わないで」と朱鷺子さんはむくれる。「面白くはさせないわよ。駒沢さん、蝦名さん、栗嶋さん、武藤さん、それから浦城さんで13票確保できるわ。あと12票。大したハードルじゃない」

いま朱鷺子さんが挙げた名前は、いずれも中央議会の様々な雑務をこなしていた、腹心の部下みたいな女子生徒たちだ。これまで何度か見かけて言葉を交わしたこともあるのでだいたい顔を思い出せる。

「今期で議会を解消させるという計画はずっと前からみんなに話してあるし、その方向で一年間一緒にやってきたんですもの。他の議員もほとんどみんな続投当選で私の考え方は理解してくれているはずだし……」

「でも、受験で忙しいはずなのにわざわざ票を集めてまで議会に乗り込んでくるという三年生の方々はどういう意図なんでしょう？」

美園先輩が不安そうに言う。朱鷺子さんは肩をすくめた。

「わからないわ。明日さっそく召集するから訊いてみる」

「有馬瞳も昨期よりさらに票を伸ばしているじゃないか。噛みついてくる気満々じゃないのかな？」

会長がそう言うので、僕も当選者リストの二番目の名前を見る。

「だれですか、この人。七百票ってかなりすごいですけど」

「芸能科の女王様みたいな人よ」

朱鷺子さんが苦い顔をする。

「議員選挙が人気投票だと勘違いしてるみたいで、私につっかかってくるの。芸能科全体が、人気で他の科に負けるわけにはいかない、みたいに思っているところがあって、たぶん芸能科票はほとんどぜんぶ有馬さんに入っているはずよ。そんなに自分が一番人気じゃなきゃ気が済まないというなら会長選に出ればいいのに」

「狐徹には勝てないと思ってるんじゃ？」と美園先輩。

「私にだってどうせ勝てないわよ。それくらい向こうも理解しているはずなんだけど」

あきれた口調で言った後、朱鷺子さんははっとして赤面し、僕の顔を見た。

「これは、つまり、私が人気あるという意味ではなくて、ううんもちろんそういう意味もなくはないのだけれど自慢しているわけではなくて事実をただ述べているだけよ、わかってるわよね？」と必死の言い訳を並べるのだが正直意図がわからん。

「朱鷺子さんが人気あるのは知ってますよ。芸能科にも全然負けてないと思うし」

「だっ、だからあなたはっ、そういうことを面と向かってっ」

「ひかげさん、私！　私はどうですか、面と向かって言ってくださいっ」

「え？　美園先輩も、正直なんで芸能科にいないのか不思議なくらいですよ。今でもファンがものすごく多いし」

「ああっいけませんわひかげさん、そんな面と向かってっ」あんたが面と向かって言えって要求したんだろうが。

「二人ともあたしが見た目で選んだからね」

「「狐徹ッ」」

二人の元副会長の怒声が重なった。

＊

翌日の放課後、だいぶ陽が傾いた時分になって朱鷺子さんが生徒会室にやってきた。

「……否決されたわ」

開口一番、重苦しい語調で言う。

「まあ」美園先輩が書類整理の手を止めて眉をひそめる。「今日の議題は、たしか執行部役員の承認権についてでしたよね」

選挙で選ばれた会長と副会長以外の総務執行部役員――つまり書記、広報、会計の三役は、指名権こそ会長にあるものの、中央議会の承認が必要だった。議会が執行部に対して大きな優位性を持つ重要な権限のひとつだ。けれど朱鷺子さんは辛辣に言う。

「つまらない『三権分立ごっこ』のために無駄に複雑にしてあるだけのシステムよ。これも代表委員会と一緒に葬り去っておけばよかったわ。中央議会をつくったときは色々と忙しくて、とりあえず関連規約もそのまま引き継いでしまったのよね……」

「朱鷺子さんの派閥で半分占めていたわけですよね。なのに否決されたんですか」と僕は不思議に思って訊いてみる。

「派閥というほどのものでもないけれど……賛成44反対31という結果よ。三分の二には6票足りなかったわ。しかたがないから去年同様、審議して承認を出さなきゃいけない。無駄な手間ね……」

朱鷺子さんは額に手をやる。

「だれが反対票を入れたんですか」と僕は訊ねた。

「わからない。議決はスマホアプリを使っていて無記名投票なの。……ただ、有馬さんと三年生全員が反対に回ったとするとちょうど31票になるわね」それからすぐに語調を変えて付け加える。「断定はできないわよ。三年生なんて、なにを考えて議会に出てきたのか全然わからないし」

「審議のときにそういう話はしなかったんですか？」

「もちろん訊いたわよ。でも、はぐらかされたわ。議会が楽しいからとか、受験勉強の息抜きで来てるとか。……まあ実際、議会というよりは意見交換会というか、学園の色んなカテゴリから集まった人たちだからそれぞれの近況を教え合ったりだとか、ほとんど雑談で終わってしまうのよね」

そう言う朱鷺子さんの口調は、苦々しいというよりはなんだか照れているみたいだ。

「今回も和やかにお茶会をしてからの投票だったから、こんな結果になるなんて思っていなくて。有馬さんと、体育科の人たちくらいは反対票を入れるかなと予想していたのだけれど……」

「それは、……ううん、開票後に妙な雰囲気になりそうですね……」

「多少はね」と朱鷺子さんは肩をすくめる。「でも、承認審議でまたお茶する機会が増えたとか喜んでる人もいて。三年生の先輩たちなのだけれど、それがまた怪しくて」

冗談めかしてその場を取り繕った――ように見えた、ということか。

「だから、聖橋さんに謝らないと。正式な役員就任が遅れてしまう」

朱鷺子さんは暗い顔で言う。

美園先輩と薫くんについては、会長選直後に役員就任を承認してもらっているので問題ない。でもキリカは会長選の後にしばらく学園からいなくなっていたので、総務会計に引き続き就くのかどうか不確定だった期間があり、そのせいでまだ議会から承認をもらっていない状態なのだ。

「ほんとうなら今日にも役員就任できるはずだったのだけれど、明日も召集してそこで承認をとらなきゃいけなくなったわ。こっちは過半数で済むから大丈夫、なはず……」

いつも自信に満ちている朱鷺子さんらしくもない、心細そうな言い方だった。

そのとき、僕は会計室のドアがほんの数ミリ開いているのに気づいた。それだけではなく、隙間の向こうの暗闇からただならぬ気配が発されているのを感じる。

「なにしてんの、キリカ。出といでよ」

僕が呼ぶと、会計室のドアは十五センチくらいにまで広がり、まず白と黒のリボンの先が、それから灰色の髪が、そしてブレザーの袖に埋もれかけた細い指が見えた。

生徒会室に出てきたキリカは不機嫌そうな顔でこちらに近寄ってくる。

「まあ、気づきませんでした。キリカさん、てっきりお昼寝中かと」と美園先輩は僕とキリカの顔を見比べる。「ひかげさんはすぐ気づくんですね。さすが飼い主さん」え、ちょっとちょっと、どっちが飼い主？　と思ったが深くつっこむとやぶへびになりそうな話題だったので僕はぐっとこらえてスルーした。

「聖橋さん、申し訳なく思うわ」と朱鷺子さん。「すぐにも承認を取りつけて、あなたの仕事に差し障りが出ないようにするから」

「それは大丈夫。それよりもひかげ、ぼんやり話を聞いてるばかりじゃなくて」

キリカはそう言って僕をにらみ、憤然と腕組みした。

「営業しなきゃだめでしょ！　困っている人がいたらビジネスチャンスなの！」

僕は目をしばたたいた。朱鷺子さんも美園先輩もわけがわからないという顔をしている。そんな朱鷺子さんにキリカは言った。

「生徒会探偵は第二シーズンから大幅リニューアル！　これまでの硬直化した料金体系を見直して、無料お試しコース、３００円ワンデイ調査コース、２０００円の豪華コース、１０００円でひかげを丸一日こき使えるコースなどなど幅広いラインアップを取りそろえてるの！」

当事者に無断で非人道的なコースを設けるのやめてくれない？

朱鷺子さんはしばらく目を白黒させていたが、やがて噴き出した。笑いをこらえてキリカに言う。

「そうね。私が表立って動いたら角が立つし。だれが反対に回っていて、意図がなんなのか、調べてくれる？」

「明朗会計！」とキリカは大いばりで返答した。

「ところで」と朱鷺子さんは声をひそめる。「その、丸一日コースについて詳しく訊きたいのだけれど、ほんとうに1000円で――」

そこまで言ってから僕と美園先輩の視線に気づき、朱鷺子さんは部屋の隅っこにキリカを引っぱっていった。なんの話をしてるんだあんたらは。

「1000円……1000円でひかげさんを一日じゅう……」

ちょっと美園先輩までなんでうっとりした目なんですかっ？

2

翌日の放課後、僕は自分の教室から芸能科校舎に直接向かった。芸能科に足を踏み入れるのは、入学以来二度目だった。

校舎そのものは他と変わらないのだけれど、すれちがう生徒たちがみんなそろいもそろって華美なオーラを放っているので呼吸しているだけで疲れる。制服の微妙な着崩し方、化粧、髪型、ワンポイントのアクセサリ、そして顔つきと歩き方。ひとつひとつは微差でも積み重なると人種の差にまで思えてくる。縮こまって廊下の端を歩く僕は、変装して外国の街に潜入したスパイの気持ちになってくる。いつ「よそ者だ!」と指弾されるかとびくびくしてしまう。

中央議員の有馬《ありま》瞳《ひとみ》は二年《星》組だという。芸能科のクラスは、他の学科のようなアルファベットではなく宝塚歌劇団そのまんまの雅《みやび》な漢字一文字がつけられており、教室の戸口上に掲げられた標札も結婚式のウェルカムボード並みに凝った造りで、もう早く用事を済ませて逃げ帰りたいという気分でいっぱいだった。

しかし、二年《月》組の前を通りかかったとき、僕に声がかけられる。

「おや、ひかげ姫じゃないか」

僕はぎょっとなって立ちすくんだ。

《月》組の教室の戸口から現れたのは僕よりさらに背が高い女子生徒だった。短くまとめた栗色《くりいろ》の髪で映えるくっきりした顔の輪郭、強い意志を宿す瞳、鋭さと優雅さが完璧に同居した鼻筋や唇のかたち。芸能人だらけのこの空間にあって、その燃え立つ存在感はなおひときわ目を惹《ひ》いた。

「しばらく見ない間にますますプレシャスなストロベリーミルフィーユになったね。食べてしまいたい」

そう言いながら近づいてくる彼女は月島沙樹《つきしまさき》さんといって、芸能科の王子さまだ（女性だけど）。現役女子高生ながらすでに人気のモデル兼女優で、本来なら僕なんかと接点があるはずもない異界の住人なのだが、奇遇なことに僕の姉とモデル仲間なので――

「わざわざ芸能科まで来てくれたということは私の妻になると決意してくれたの？」

……姉と顔がいくらか似ている僕もこうして妙に気に入られてしまっているのだ。ただし同性愛者らしく、僕のことを女として見てくるのでもうわけがわからん。

「いや、あの、やめてください、僕は男だし、まわりの人たちも聞いてるし」

「タイとモロッコとどちらがいい？」

「生々しい話はやめろ！」

「新婚旅行の話だよ？　なんの手術の話だと思ったの？」

「ああなんだ……って、ごまかされませんよ！　手術って自分で言っちゃってるし」

「おっと。ひかげ姫があまりにも魅力的だから語るに落ちてしまったね」

「と、とにかく、あの」僕はまわりを見回した。めっちゃ注目を集めている。「こんな廊下の真ん中でアレな話するのやめましょう」

校舎の端まで避難すると、沙樹さんは当然のような顔でついてくる。

「ひかげ姫が目立ちたくないようにしているのはずいぶん滑稽だね。きみは先だっての選挙ですでに学園でいちばん有名な生徒の一人になったんだよ？　学園の宝石箱であるこの芸能科校舎といえど、きみの持つ煌《きら》めきは際立ちこそすれ押し隠されてしまうことなどない。一歩踏み入れた瞬間から一挙一動が注目の的だよ」

「はあ。あんまりそういうの……自覚ないですね……選挙戦で表に全然出なかったし、終わった後もこれまでと立ち位置ぜんぜん変わってない感じだし」

とはいえ僕ももう生徒会副会長なんだよな。少しは重役らしさを出すようにした方がいいんだろうか。

「たしかに、ひかげ姫自身はあまり変わっていないようだね」と沙樹さんは僕のあごのラインをすっと指でなぞる。僕はのけぞった。なんでどいつもこいつも気軽に僕の顔を触ってくるんだ。「きみにはいくつか仮面《ペルソナ》があるが、今のきみは以前もいちばんよく使ってい

たもの、つまり探偵助手のそれだ」

「……よくわかりますね」

たしかに今日はキリカに頼まれた用事で来ているのだ。

「商売柄、ひとの仮面《ペルソナ》を観察するのは得意だからね」と沙樹さんはウィンクする。「きみは他にも大胆な詐欺師の貌《かお》や血に逸《はや》る戦士の貌、ひねた野良猫の貌などを持っているわけだけれど、探偵助手の貌をしているときがいちばん自然に見える。十二月の朝のアプリコットティーみたいに素直な甘さだよ」

たとえが徹頭徹尾理解できない上になんだか聞き捨てならない単語も混じっていた気もするが、そんなものか、と僕はうなずく。キリカの助手としての立場が僕にとっていちばん自然体でいられる……？　その通りかもしれない。生徒会副会長としての自分にも、牧《まき》村《むら》ひなたの弟としての自分にも、そしてもちろん詐欺師としての自分にも、なにかしらの違和感がある。

「キリカ姫がうらやましいね。繊細なロンリーラビットの振りをしておいて、ひかげ姫のマイハートをしっかりとウィルゴーオンしているんだからね」

「日本語で話せよ」意味わからんわ。「あー、ええと、まあその、沙樹さんの言う通り今日は生徒会探偵の用事で来てまして、沙樹さんに逢《あ》いにきたわけじゃ――って、泣きそうになるのやめてください！　どうせ演技でしょ、わかってますからね！」

僕が必死に指摘すると沙樹さんはあっさり嘘泣《うそな》きをやめた。

「さすがに鋭いね、ひかげ姫。だてに探偵助手をやっていないね」

「実際に沙樹さんの演技には一度ころっとだまされましたからね……」

なにしろプロの女優なのだ。こちらが無警戒ならひとたまりもない。というか今もちょっとだまされそうになった。王子さまのくせにこんなときだけ女の泣き顔しやがるし。

「私に逢うよりも大切な用事がこの芸能科にあるとはとても思えないけれど、どういう用事なの？」

「どんだけ自信満々なんですか。……ええと、《星》組の有馬瞳さんていう人に用があって来たんです。中央議会のことで」

その名前を出したときの沙樹さんの顔に浮かんだ表情は、どうにも表現しづらい。せせら笑いと困惑と好奇心と憐憫《れんびん》、どれも入り混じっていてどれでもない表情だ。

「彼女か。そういえば中央議員に当選していたね」

彼女、という呼び方にまず引っかかる。沙樹さんにしては異例なほどよそよそしい。

「芸能科でいちばん面倒な人間だ。ひかげ姫がひとりで乗り込むのは荷が重いだろうから私が守護騎士として付き添おう」

あんた以上に面倒な人間がこの校舎に存在するのかよと言いたかったが、案内してくれるのはありがたかったのでお言葉に甘えることにした。

有馬瞳嬢は芸能科校舎に併設されたカフェテリアにいた。五人の女子生徒がテーブルを囲んでいたけれど、どれが「芸能科の女王様」なのかは一目でわかった。こちらに背を向けて座っていた一人が、言いがたい雰囲気を放っていたからだ。一般相対論でいうところの「重力とは時空の歪《ひず》みである」が直感で理解できた気がした。他の四人——みんな芸能科の美女たち——は僕からも顔が見える向きだったのに、それがみんなかすむほど彼女の後ろ姿は目を惹いた。

「有馬さん、失礼するよ」と沙樹さんが声をかけた。僕はぎょっとした。あの天王寺《てんのうじ》狐徹《こてつ》すら姫呼ばわりしていた月島沙樹が、この女にはさん付けするのか。

有馬瞳が座ったまま振り向いた。心臓に酒を直接注射されたみたいな息苦しさが僕を襲った。なんて威圧的な美貌だろう。人間、美しさだけでこうも相手に警戒心を抱かせることができるのか。

「はぁい、ツッキー」と彼女はひらひら手を振った。「珍しい人連れてるじゃん。いらっしゃい、フッキー」

冷ややかでロイヤルな見た目とフランクな口調とのギャップでちょっと目まいがした。ツッキーというのはたぶん月島からとった愛称なのだろうが、僕に向けたフッキーなる呼称の意味がどうしてもわからず、反応に困って僕は隣に立ち尽くしていた。というか僕を呼んだわけじゃないのかもね？　僕なんて芸能科の女王様からしたら通行人Aくらいの役回りのしがない普通科生だもんね？

「どうしたのフッキー。生徒会の用事かなんかでしょ？」

そう言われて、やはり僕のことらしいと理解する。

「え、ええ、はい。……あの、その、フッキーっていうのは一体」

「副会長でしょ？　だからフッキー」

なぜそこをあだ名に使うんだ。

「……あの、純粋な好奇心から訊《き》きますが、もし僕が書記だった頃なら——」

「ショッキー」

ですよね！　めちゃくちゃ雑魚っぽい呼び名！　副会長でよかった！

「牧村だからマッキーでもいいかなぁと思ったけど普通すぎでしょ？　ひかげだからヒッキーってのもなんかつまんないしぃ」

べつに面白く呼ばなくていいんですけど。

「ショッキーうける！」とまわりの芸能科生たちも笑い転げる。

「食器洗う役目の人みたい！」

当たらずとも遠からずだったりするのが泣ける。いえ、今は美園《みその》先輩がショッキーなのでそんなことありませんけど。

「ええとそれで中央議会のことでちょっとお話があって。少しお時間いいですか」

瞳さんがなにか言う前にまわりの女子たちが口々に騒ぎ出す。

「ええーっ、ヒトミ連れてっちゃうの」「ネイル半額だしこれからみんなで行こうって話してたのに」「でも議員だししょうがないかぁ」「投票したのもウチらだもんね」

僕はあわてて言った。

「すみません、予定があったなら、その、無理にとは……」

「いいって、あたしどうせ今日は五時から撮影だからネイル見るだけになっちゃうし。みんなごめんねぇ」

「それじゃあ姫君がた、私がご一緒しよう。姫たちのたおやかな枝に花が咲くところが見たい」

「ツッキーまじで！　やったぁ」「ツッキーはネイルしないの？」「一緒に選ぼ！」

「私の指は姫君がたを悦《よろこ》ばせるためにあるからナチュラルでオーガニックでエッセンシャルなタッチを守り続けるよ」

「ツッキーそれ女の子みんなに言ってるでしょ！」「ツッキーならマジで女の子妊娠させられそうだよね」「記者会見ものだね」

きゃはははは、ときらきらしい笑い声をあげながら女子高生４＋女王子１はそろって立ち去ろうとする。僕はあわてて呼び止めた。

「ちょっ、待ってください沙樹さん」

「ひかげ姫も来たいの？　なるほど君は指までひなたに似ていてほっそり美しいからネイルもきっと似合うだろうけれど」

「いやいやそうじゃなくて――」

瞳さんとの面談に付き添ってくれるんじゃなかったんですか？　と言いそうになったがぐっとこらえた。案内してもらっただけで十分じゃないか。このまま隣にずっといてもらおうなんて、小学生でもあるまいに、恥ずかしい。

「――すみません、なんでもないです。今日はどうもありがとうございました」

「狐徹姫や朱鷺子《ときこ》姫にもよろしく。また遊びにいくよ」

沙樹さんはそう言って姫四人を連れて立ち去った。

「んじゃ飲み物買いにいこ、フッキー」と瞳さん。

「……はあ」

僕と瞳さんは連れだってカフェテリアのカウンターに行き、それぞれワンドリンク買うと、目立たないように屋内の隅っこのテーブルに移った。レモネードを一口飲んだ瞳さんが気だるげに言う。

「そんでトッキーからなにか頼まれたわけぇ？」

トッキー。ああ、朱鷺子さんか。

「いや、頼まれたわけじゃないんですが」と僕は嘘をついた。「執行部役員の承認権を議会が放棄するっていう議案、通らなかったたってことで……執行部としてもちょっと想定外だったから、反対に回った議員さんに事情を聞いてみようかってことで」

「えぇー？　なんであたしが反対入れたって決めつけるのぉ？」

「えっ……あ、ああ……その」僕は口ごもった。「賛成だったんですか」

「さぁ？」

「さぁ、って……ど、どういうことですか」

「投票っていったってさぁ、スマホのアプリでぽちっと押すだけだしぃ、なんか適当にやっちゃうんだよねぇ。どっちに入れたっけかなぁ。でもあたし7票持ってるし、通らなかったってことはやっぱり反対に入れちゃったのかな？」

僕は唖然《あぜん》とする他なかった。

「……あ、あの、中央議会ですよ？　学園のかなり重要なことを決める場所なんですよ、なんでそんなにゆるゆるなんですか」

「なにマジんなってんのフッキー」瞳さんはけらけら笑った。「どうせ大事なとこは最後にフッキーたちが決めるんじゃん？　ウチらがお飾りなのはフッキーたちがいちばんよくわかってんでしょ、だからなくしちゃえって話になってんでしょぉ？」

「……ええ、まあ……」

調子が狂いっぱなしだった。

まずもってして、このタイプの女性と差し向かいで喋《しゃべ》るなんてはじめての経験だった。僕の周囲は規格外の女ばかりなので感覚がおかしくなっていたが、うん、女子高生ってほんとはこういう感じなんだよな。

「それでフッキーが言いたいのは要するに、次は賛成に入れてくれってこと？」

「ええと……んん……」

自分でも情けないくらい煮え切らないやりとりになってしまう。行政府の人間が立法府の人間にこんなふうに干渉するなんて許されるんだろうか、なんて今さらな心配まで浮かんでくる。要するにこのときの僕はまったく想定外の相手の反応に出くわしてどうしていいかわからなくなっていたのだ。朱鷺子さんへの敵意に充《み》ち満《み》ちていてやることなすこと反対したがるような人間になんとか探りを入れる、といったやりとりを予想していたのに、出てきたのはこんなふわふわきらきらの女子高生なのだ。しかも肝心なところで妙にものわかりがいい。正直、僕はいったいなにをしに芸能科までやってきたんだろう、という気持ちになってくる。

「賛成するって約束してくれるなら、ありがたいですけど、はい」

「んんん、まあどっちでもいいんだけどぉ、いやだって言ったらどうするの」

「ええと……」僕は逡巡《しゅんじゅん》し、はったりで通すことに決めた。「たとえば瞳さんが芸能の仕事《そっち》で忙しい日に審議の日程をぶつけて、議決に参加できないようにしちゃうとかですね」

「うっわ。生徒会ってマジ手段選ばないよねぇ」

瞳さんは露骨にいやそうな顔をする。期せずして生徒会の評判を下げてしまったことに痛痒《つうよう》をおぼえないでもなかったが、しょうがない。

「まぁいいけど。賛成入れればいいんでしょ、約束する」

「助かります」

「でもまた押し間違えちゃうかも？」

「そんなに何度も間違えないでしょうが！　ああもう、じゃあ投票した画面のスクショ撮って僕に送ってください、そうすれば絶対間違えませんよねっ？」

「フッキーそうやって女の子の連絡先ゲットしようとするんだぁ？　さっすがぁ」

「い、い、いや、な、なに言ってんですか人聞きの悪いっ」

「LINEのID教えて？　送るから」

こうして僕のスマホにまたひとつ芸能人の連絡先が追加されてしまったのである。公務にかこつけてなにやっているんだ、とキリカあたりに糾弾されかねないのでだれにも言わないでおこう、と心に決める。

「ええとそれで、他に反対に回ってそうな議員さんはだれだか見当つきませんかね」

「ううん、そうゆうのあんま興味ないし」

「えええ……だってほら審議のときの発言でなんとなく……って、ああそうか、お茶飲んで雑談してるばっかりなんでしたっけ」

「そ。議会とかいってるけどただのティータイム。まぁ無駄だよねぇ議会なんて」

僕は嘆息した。

「無駄だってわかっててなんで議員になったんですか？　あ、立候補制じゃないんでしたっけ、勝手に七百票も集まっちゃったんですか」

「さすがにそんなわけないでしょ？　あたしに入れてねーってＬＩＮＥでメッセージ回したよ。友だちも手伝ってくれたし。だってトッキーに負けるなんて悔しいじゃん」

瞳さんの口調が少しだけ変わった。熱を帯びたのだ。

「こっちは人気がすべての世界で生きててさ、一般人に負けるとかあり得なくない？　負けちゃったんだけどさぁ、去年も今年も。マジショックで。むしろトッキーがうちの業界来いよって感じ。ずるくない？　あんな可愛《かわい》くてキャラも立ってるのにそれ学園内でしか使わないなんてさぁ。マジむかつく」

「……いやまあ、言わんとしてることはわかりますけど」

「こてっちとかはどうせ人気商売の世界に行っちゃうんだろうけど、トッキーは卒業したらまともな大学入ってまともな仕事やるんでしょぉ？　勝ち逃げじゃん。なんなのマジで。選挙っつってもべつに演説もなんもしないじゃん、完全に人気投票でしょ？　なのになんであんな差ぁついちゃうわけ、おかしくない？　今年はちょっとは票削れたけどそれにしたって三倍だよ三倍。やっぱ黒髪強いのかなぁ。あたしもイメチェンしよっかな。ていうかフッキー、真面目に訊きたいんだけどあたしとトッキーとどっちが可愛い？」

僕は盛大にむせ込んだ。

「……え、い、いや、そのう」

「あーやっぱりトッキー派かぁ。あたし派だったら即答だもんね。まぁフッキーなら当たり前だよねぇ、つきあってんでしょ？　え、ちがうの？　だって会長選で裏タッグ組んでたんでしょ？　ちがう？　じゃあ、みそっちの方が彼女？　えーなになにどういうこと、生徒会の男女関係ってどうなってんの、乱れすぎ？　うちの業界よりひどくない？」

話がとんでもない方向に転がり始めたので、僕はあわててごまかしてその場を辞した。

＊

次の議会召集は早くも翌日だった。

僕のスマホには瞳さんからの「ちゃんと賛成入れたよー」というメッセージと、議決用アプリのスクリーンショットが送られてきた。たしかに賛成に入れている。

結果を一刻も早く知りたかったので議長執務室に行ってみた。執務室は生徒会副会長室のちょうど裏側にあるのだが、長い長い廊下をぐるりと回って中央議会議場を通らなければばいけない。直通ドアの設置を真剣に検討しながら生徒会室を出る。

議場の前に着くと、ちょうど議員たちがぞろぞろ出てくるところで、その中にいた瞳さんが僕を見つけて手を振ってくる。

「フッキー！　やっぱ彼女が心配で駆けつけたの？　トッキーちょい落ち込んでるから慰めてあげたら？」

落ち込んでいる？　僕は「彼女」というところを訂正する余裕もなく議場に駆け込み、広い場内を横切って執務室のドアを叩《たた》いた。

まず出てきたのは議会スタッフの女の子二人だった。議員でもあり、たしか理数科の武《む》藤《とう》さんと普通科の蝦《えび》名《な》さんだ。

「あ、副会長さん」「失礼します」

二人は僕によそよそしい会釈を残して議場を出ていく。僕はそうっと執務室の中をのぞいた。朱鷺子さんはデスクの椅子に深く身を沈めていた。

「ああ、牧村くん」

僕をみとめると、沈んでいた表情がかすかに明るくなる。

「今そっちに行こうと思っていたところ。……また通らなかったわ」

僕は愕然《がくぜん》とした。

「今日の議題は……廃部審査権の放棄について、でしたよね」

「ええ。これも議会憲章の改正が必要だから、三分の二以上で可決、だったのだけれど」

部員数が足りなくなったり活動が予算を得るにふさわしくないとされたクラブは、監査委員会の調査後に中央議会での審議を経て廃部となる仕組みだ。これも無駄なステップを増やして迅速な対処を阻害しているシステムのひとつであるとして朱鷺子さんも会長も前から廃止したがっていたという。

「賛成49反対26。1票足りなかった。廃部審査も続けなきゃいけなくなったわ。まったく、あんなのどうせ監査の判断をそのまま通すしかないんだから無意味なのに」

賛成が5票しか増えなかったということになる。プラス5票？　おかしい。瞳さんの持ち票は7だったはず。

「有馬瞳さんに昨日話して、賛成入れてもらえるように約束とりつけたんですけど」

朱鷺子さんは嘆息した。

「交渉してくれてありがとう。でも、口約束でしょう？　有馬さんはてきとうな性格だし、もともと私を敵視してるし、信用できない」

「いや、そのう、投票アプリのスクショを送ってもらってるんです」

僕が証拠を見せると朱鷺子さんは目を見張った。

「よくそんな約束まで取り付けたわね……どうやって説得したの？　あっ、まさか、有馬さんも女の子だし――」

「ちょっ、な、なにがまさかなんですか？　なんでそこで口ごもるんですか、僕がなにやったと思ってるんですか！」

「……いえ……なんでもないわ。この間結婚詐欺の話をしていたし、ひょっとしてなにか仕掛けたんじゃないかとふと思っただけよ」

「普通に話しただけですよ！」

「そうね、牧村くんにとっては普通に話しているだけなのよね……」

さっきから含みのある言い方ばっかり、なんなんですか？

「でもこれは」と朱鷺子さんは僕のスマホの画面をもう一度見る。「証拠としては少し弱いわね。アプリの投票モードは議長権限を持っている私しかアンロックできないけれど、画像だけならいくらでも作りようがあるし」

「ううん、そこまで疑いますか」

「疑うわよ。他の人ならともかく有馬さんだから」

あそこまで対抗意識を剝《む》き出しにされていると、敵だと認識してしまうのも無理はない。僕が話を聞いた感じでは、敵視というよりはライバル視だったけれど。

「有馬さんが賛成に回ってくれたのだとしても、2票持ってるだれかが反対に回ってしまったということよね。金子《かねこ》くんか大垣《おおがき》くんか北村《きたむら》くん……？　理由がわからないわ……。憲章改正の必要性はちゃんと理解してもらえたと思っていたのだけれど」

ことが部活の存廃ってなると、やっぱりちょっと慎重にやりたいって人が出てくるのかもしれませんね」

「ううん……その考えは疑問ね。廃部審査は、もし廃部が不適当という議決が出ても監査委員会に差し戻すだけ。そこで監査がもう一度《廃部》って判断を下したらどうせそれで決まりなのよ」

「ああ、そうだったんですか。形骸化もいいところですね……」

そうなるように神林《かんばやし》朱鷺子と天王寺狐徹がこれまで仕組んできたんだろうけど。

「しかたないわ。審議の当日はお茶会でシリアスに話し合う空気でもないし、ひとりずつ攻め落として賛成に回ってもらいましょう」

「でもだれが反対派かわからないわけですよね」

「ええ、そこが問題で……こんなことなら記名投票式にしておくんだった」

僕と朱鷺子さんが思案顔を突き合わせていると、デスクの背後でごそっと音がした。朱鷺子さんは椅子を回して振り返り、「ひゃっ」と声をあげる。いったいどこから現れたのか、茶褐色の毛玉が彼女のスカートの膝に駆け上がったからだ。

ホーランドロップイヤーの我が同居者だった。

「ウサギの方のひかげくん、どこから入ってきたの?」

朱鷺子さんはあきれ顔で茶色いかたまりを両手で持ち上げる。ついにこの人までウサギを僕と同じ名前で呼ぶようになってしまって地味にショックだった。

「ああ、ひょっとして」と朱鷺子さんはデスクの背後の棚を見やった。分厚いファイルの背表紙がずらりと並んでいるが、そのうち最下段の何冊かが床に落ちている。僕も思い出した。いつぞやのウサギ失踪事件で暴かれたささやかな秘密。この議長執務室のちょうど裏側は生徒会副会長室で、壁の破れ目からウサギが行き来できてしまうのだ。

「あそこまだ補修してなかったんですか」

　僕はそう言ってデスクの向こうに回り、かがみ込んでファイルを拾い集めようとした。と、棚の最下段の奥、壁の破れ目から二匹目のウサギの耳が――否、白と黒のリボンの先が見えていた。

「……なにしてんのキリカ……」

　驚いたことにキリカは狭い壁の破れ目から両手をこちらに差し込んできた。指先をぱたぱたさせている。

「引っぱって」

「え？　いや、いくらキリカが細いからってこの穴は」

「いいから早く引っぱって」

「聖橋《ひじりばし》さん？　ちょっと、なにもそんなところから」

　朱鷺子さんが心配そうに見守る中、僕がしぶしぶキリカの両腕を引っぱると、小柄な制服姿がずるりとこちら側に出てきた。どんだけ細いんだこいつ。

立ち上がったキリカは黙って制服の埃《ほこり》を払い落とし、いつものようにブレザーを肘まで
ずり落としたスタイルに戻すと、僕をにらんで言った。

「ひかげが朱鷺子に変なことしてないかどうか見張ってた！」

「僕がいつ変なことを――ああいやウサギの話？」

「両方！」

朱鷺子さんは咳払《せきばら》いしてウサギを机の上に置いた。

「牧村くんはともかくウサギさんの方は礼儀正しいわよ」

「ちょ、朱鷺子さんっ？　フォローする方が逆ですけどっ？」

「ひかげは探偵助手の仕事するふりしてすぐ女の子と遊ぶんだから！　サービス拡充した
からにはしっかり働いて！」

キリカはぷりぷり怒った。昨日も今日もしっかり働いたつもりなんですが。

「朱鷺子。今回の選挙で当選した高等部三年生六人、全員ざっと調べた」

生徒会探偵の言葉に、朱鷺子さんははっとして椅子に座り直した。キリカにも手近の椅
子をひとつすすめる。僕はウサギを回収して壁際で小さくなる。

「六人とも前期からの継続当選だけれど、議会で朱鷺子と反目してた？」

「そういう記憶はないわ。そんなシリアスな議論するような集まりじゃないし」

「でもこの六人のうち、調べがついた限りでは四人も、この間の会長選で反・神林に回っているの」

朱鷺子さんは目を見張った。僕も身を乗り出す。

「柔道部主将の芝木《しばき》先輩は、部員に神林・牧村へ投票しないように呼びかけている。アカペラ部設立者の徳村《とくむら》先輩は音楽系クラブ連絡会で天王寺政権支持の発言をしている。美術部長の東堂《とうどう》先輩は保守系サイト、つまり狐徹政権寄りの意見を載せている言論サイトのアートワークを全部請け負ってる。津永《つなが》先輩は文芸部の冊子に神林政権が樹立された場合の問題点を色々書いている」

「……そんなに……嫌われていたの？　私……」

顔を曇らせた朱鷺子さんに、僕はあわてて言った。

「選挙で反対派に回ったからって嫌われてるわけじゃないかと――」

「つまらない慰めを言わないで、牧村くん」と朱鷺子さんは嘆息する。「あなただって狐徹から色々と政治や選挙についての話を聞いているんだから、もうわかっているでしょう。人が投票先を決める理由の九割は好き嫌いなのよ」

この身も蓋もなさ、さすが天王寺狐徹の長年のパートナーだった女である。

「あとの二人……丸川《まるかわ》先輩と小田原《おだわら》先輩も、表だって活動していないだけで、反対派だったかもしれないわね。受験もあるのにわざわざ乗り込んできたんだから……」

「その可能性は大きい」とキリカは無表情にうなずく。「各議員が持っている票の内訳から推測できる」

「ああ、たしかにそうね。6票二人と2票三人だから、つじつまが合うのは――」

「……ええと、どういうことですか？」

ひとりだけ飛び抜けて頭の回りが悪い僕は質問を挟む。案の定キリカのじっとりした視線が返ってくる。

「ひかげ、ちゃんと考えて。探偵は考えるのがいちばん大切な仕事」

「馬鹿でごめん……」

「いい？　有馬瞳と、それから反神林派に回っていた芝木・徳村・東堂・津永、この五人の持ち票は合計で19票。役員承認権放棄の議案が否決されたときの、実際の反対票は31票だったから、あと12票分だれかが反対に回っていたことになる」

「うん、まあ……推測が正しければそうなるね」

「一方で、議会スタッフをしてくれていた駒沢《こまざわ》・蝦名・栗嶋《くりしま》・武藤・浦城《うらしろ》の五人は賛成票を入れていた可能性が濃厚。これを除外すると、残っているのはまず丸川・東堂の高三生二人。どちらも6票保有。それから大垣・北村・金子の三人。こちらは各2票ずつ保有。この中で合計12票になるように反対派に回ったとすると組み合わせの可能性その1は丸川・東堂の両名、その2は丸川と大垣・北村・金子、その3は東堂と大垣・北村・金子。

ところが二回目の議案である廃部審査権放棄が否決されたときは有馬瞳が賛成に回りながら何者かの2票分が反対に回ったせいで否決された、ということは2票を持っているだれかがもともとは賛成派にいたということであり大垣・北村・金子の三名ともが最初から反対派だったという組み合わせが否定されるため残った可能性は丸川・東堂の両三年生こそが当初からの反対派だったという――」

耐えきれなくなった僕はキリカの話を遮った。

「ごめん、あの、細かい数字とよく知らない名前とが大量に並んで正直さっぱり頭がついていかなくて」

「ひかげ、しっかりして！」「牧村くん、ほんとうにわからなかったの？」

二人に同時に責められて僕はいたたまれなくなった。おまえらはなんですぐわかったんだよ？

「僕の計算能力のなさは棚に上げて言うけどさ、全部推測だよね？　可能性が大きい方をたどってくとそういう結論になるってだけで、そうじゃないかもしれないよね？」

たとえば『2票保有者が反対に回った』という箇所にしたって、ほんとうは『6票保有者が反対に回り、同時に2票保有者二人が賛成に回った』かもしれないのだ。考えられる可能性なんていくらでもある。

「それは考えてもしかたない」とキリカは肩をすくめた。

「そうね。あくまでも行動指針だもの」

朱鷺子さんは硬い表情で言った。僕はふと不安をおぼえた。なにか、自分に言い聞かせているような口調だったからだ。

「やっぱり私が自分で説得しにいくわ。角が立つなんて言ってられない」

このときの朱鷺子さんが抱いていた不安を僕が理解できたのは、もう少し後になってからだ。彼女は信じたかったのだ。キリカが積み重ねた頼りない推論の山を。なぜって、キリカの推論が間違っているとすると、考えたくもないべつの可能性が浮かび上がってくるからだ――

信頼している議会スタッフの娘五人のうちだれかが裏切っている、という可能性だ。

＊

4票持ち議員の高等部体育科三年生、芝木隆介先輩は、驚いたことに見憶えのある男だった。

「おお、牧村ひかげ！　久しぶりだなあ、おまえもついに副会長にまで出世しちまったか、コネは作っとくもんだなあ！」

柔道着姿の巨漢が教室じゅうに響く声で言って僕の肩をばしばし叩いた。

「……あの、放課後すぐなのになんでもう柔道着なんですか？」

僕は肩の痛みに顔をしかめながら素朴な疑問を口にした。

「ん？　これは俺の制服だ。白樹台《はくじゅだい》に入学して五年と八ヵ月、ブレザーに袖を通したことなんぞ一回もねえ！」

入学式も？　とは思ったが話をそっちに広げられても困るので僕は黙った。

読者諸氏もお忘れかもしれないが、この四月の話だ。編入直後にキリカと知り合った僕は、大勢の部活動関係者に寄ってたかって襲われたことがあった。生徒会会計にコネがあり予算上げ陳情を口利きしてもらえると勘違いされたからだ。あのときの最初の襲撃者が、だれあろう柔道部主将の芝木先輩だった。かくいう僕も今の今まで忘れていたが、むくつけき柔道着姿を見て一発で記憶が蘇《よみがえ》った。

「で、なんの用だ副会長！　ようやく柔道部に入ってくれるってか？　おまえが入ってくれれば俺の卒業後も柔道部の予算は安泰だな！」

「いや、そういう話じゃなくてですね」

僕は芝木先輩を教室の外に連れ出した。階段の踊り場で待っていた朱鷺子さんの姿を見て芝木先輩はむすっとした顔になる。

「……なんだよ、議会の話かよ」

「ごめんなさい。私が教室に顔を出すと騒がれるかと思って」

「そりゃ騒がれるよ。なんの用だ？　議案がどうのこうのってのなら明日も集まるんだからそのとき話せばいいだろ」

「集まっても雑談しかしないじゃないですか」と朱鷺子さんは息をついた。「それにみんながいたら話しづらいこともあるでしょうし。単刀直入にお訊きします、芝木先輩。これまでの二つの憲章改正案、反対に入れましたよね？」

芝木先輩は渋りきった表情になる。

「それがどうした。べつに俺の自由だろ」

「中央議会を発展的解消させる必要性については何度もお話ししたじゃないですか。色々な権限が議会に残ったままだとものすごく手間がかかるんです。このまま権限委譲が進まないと来年の生徒総会までかかってしまいます」

「だからそれはよぉ」と芝木先輩は唇をひん曲げた。「部活潰すなんていうおおごとを監査だけで決めていいのかっつう。零細運動部の連中からも票入れてもらってるし」

「ですから、中央議会での審議は儀礼的なもので、いずれにせよ監査の判断だけで廃部は決定されるんです。そもそも廃部の基準は規約に明記されていますから議会の裁量なんて入る余地はありません。無駄なんですよ、説明したじゃないですか」

「わかってるけどよ……」

「先輩も受験で忙しいでしょうに、それに反対するためだけにわざわざ票集めて議員になったんですか？」

「もう長いこと体育会系のまとめ役やってるからほっといても票が集まっちまうんだよ。俺はもう柔道推薦で大学決まってるし」

ほんとかよ、と僕は思った。いくら受験がないからって、黙ってても四百人が投票しただって？　にわかには信じられない。

「まあ、否決されてしまった議案についてはもうとやかく言いません。それより今後の話です。次は委員会の新設や廃止、定数変更などについての決定権放棄です。これはもう芝木先輩も反対される理由はありませんよね？」

朱鷺子さんの口調はどんどん圧力を増していく。重量級柔道選手の巨体が小さく見えるくらいだ。

「……まあ、な……」

「賛成票を入れてくださるということですよね？」

「入れる、って言うのは簡単だけどよ……証拠がないだろ。それでまた否決されたときに俺んとこに怒鳴り込まれても困るんだが」

「それは——」朱鷺子さんは口ごもった。

と、芝木先輩が僕に視線を移す。

「芸能科の有馬んとこにも最初に乗り込んだんだってな？　俺にも証拠をスクショで出せ

っていうのか？」

「いや――」「そこまでは」

僕と朱鷺子さんは同時に言って同時に口をつぐみ、お互いにちょっと気まずくなる。

「いいよ、わかったよ。スクショ送るよ。ＬＩＮＥのＩＤ教えてくれ、議長」

こうして芝木先輩と朱鷺子さんはスマホを取り出し、ＩＤを交換した。僕はひそかにほっとしていた。証拠を押さえる役目をまたも僕が請け負うはめになるかと心配していたからだ。そもそも僕は部外者なんだし、やっぱり朱鷺子さんがやるべきだよね。

＊

しかしその二日後の放課後、寮の僕の部屋にやってきた朱鷺子さんはいっそう暗い顔をしていた。

「票差が変わらなかったわ……」

声はもう沼の底から聞こえてくるみたいだ。

「賛成49で反対26。委員会関連の決定権放棄も否決よ。もう、どうなっているのかわからない」

「芝木先輩がけっきょく賛成に回ってくれなかったってことですか」

「いえ、証拠のスクリーンショットはたしかに送ってくれたのよ」

僕と朱鷺子さんはスマホの画面を見せ合った。瞳さんも前回に続いて賛成票を入れた証拠を送ってきてくれている。それでも前回と票差が変わらないということは、賛成に転じた芝木先輩の4票を相殺するように4票が反対に転じたということだろうか。

「……スタッフの娘たち五人と、有馬さんと芝木先輩……それ以外の全員が反対票を入れたなら、49対26という結果になるわね。そんなことってあるのかしら……」

朱鷺子さんの眉根に深いしわが寄る。見ているこちらとしても彼女のこんな苦しげな表情は胸が痛む。

「あのう、ねえさま」とベッドに腰掛けていた薫《かおる》くんが口を挟んできた。「どうして朱鷺子ねえさまも、それからキリカねえさまも、ぼくらの部屋に来てるんでしょう？」

薫くんの隣にはキリカも当然のような顔をして座り、膝にのせたウサギを無表情になでくり回しているのである。

「調査会議にはここがいちばんなの」とキリカは言う。「生徒会室は議場と近いでしょ。今回みたいに議会がらみの事件なら情報漏洩《ろうえい》のリスクがあるから。ここなら中央校舎からはすぐだし」

もっとましな場所がいくらでもあるんじゃないかなあ、と僕は思うのだけれど。

「ふたりともここに来たいだけですよね？」

薫くんがにまにま笑って指摘した。

「「なに言うの薫ッ」」

朱鷺子さんとキリカの怒声が重なり、薫くんはあわてて毛布を頭からかぶって隠れた。図星だったのかよ。まあ、二人とも薫くんのことが大のお気に入りだし、プライベートの様子もなにかと理由をつけて見にきたいってことかな。僕にはいい迷惑だけど。

「と、とにかく！」朱鷺子さんは咳払いをする。「他の先輩たちにも攻勢をかけて票を集めるしかないわ。通したい議案がまだいくつもあるし」

勇ましく拳を固める彼女に、僕は横からためらいがちに訊いてみた。

「あの、朱鷺子さん。二年生議員とかも反対票入れてるわけですよね。そっちを説得した方がよくないですか？　先輩が相手だと強く出られないだろうし、受験もあるのにわざわざ出しゃばってきたってことはなにか頑なに反対したい理由があるのかもしれないし」

朱鷺子さんは唇をすぼめ、首を振った。

「……三年生の方が持ち票が多いから説得するのも一人二人で済むし、それに二年や一年の議員はだれが反対入れたかはっきりしていないでしょう。もともと賛成派なのに説得しようとして、無駄に疑いをかけられたなんて思われたら気まずいわ」

「え？　いやでも、この状況なら――」

「それじゃ牧村くん、明日も放課後つきあってくれる？　普通科で落ち合って津永先輩、それからまた体育科に行って小田原先輩と話しましょう」

「……はあ。わかりましたけど」

朱鷺子さんはそそくさと部屋を出ていった。僕はぽかんとしてその背中を見送る。

だれが反対を入れたかはっきりしていない？　そんなわけない。票数からして、もう二年や一年の男子議員もみんな反対票を入れていることがほとんど確定的なのに。

「ひかげのばか。どうしてそう鈍いの」

キリカがじっとりと僕をにらんで言った。

「しかたないです、キリカねえさま。せんぱいが女心の機微まで読み取れるようになっちゃったら、素敵すぎて無敵すぎます」

「薫もそうやってわけのわからない褒め方しないの。ひかげが調子に乗るから」

「え、と、あの、どういうこと？」

「もし二年や一年の議員のところに説得にいって、賛成票入れましたよって言われたら、議会スタッフの女子のだれかが裏切っているってことになるでしょ。朱鷺子はその可能性を怖がってるの」

「あー……」

なるほど。それであんなに切実そうな様子だったのか。

「……って、ちょっと待って。それはつまり、……裏切られてる可能性もけっこうあるって考えてる、ってことだよね」

「当たり前でしょ」とキリカはあきれて言う。「わたしだってその可能性は考慮している。朱鷺子の手伝いをしていたからって信条が同じだとは限らない」

僕はため息をついて、薫くんの隣に腰を下ろした。キリカと二人で薫くんを挟むかっこうだ。

なんだかなあ。どうせお飾りの議会で、裏切るの裏切らないのって。楽しくお茶会やってりゃいいのに。

＊

普通科の津永先輩は、文学賞に佳作入選したこともあるという学園内有名人だった（例によって学園の事情に疎い僕は知らなかったのだが）。僕が三年F組の教室に行って、ちょっと顔を貸してほしいと伝えると、「ああ、神林さんが話があるんですね？」と訳知り顔でついてきてくれた。どうも事情はみんな知られているようだった。芝木先輩に聞いたのだろうか。

普通科校舎の非常階段で待っていた朱鷺子さんは、津永先輩の顔を見るなり言った。

「中央議会の発展的解消は私の入学当初からの目標なんです。お願いします、協力してください」

　説明もなければ、反対派だったかどうかの確認もなかった。芝木先輩とのやりとりで学んだのだろう。へたになにか釈明を求めてしまうと話が長引くだけだということ。それでも津永先輩は眼鏡をずりあげて抵抗する。

「いやしかしですねえ神林さん、僕としても文学的自由を守るためには議会の論壇としての役割を軽んじるわけには」

「お願いします。私の四年間が実るか無駄になるかがかかっているんです」

　朱鷺子さんの『話を聞かないで一方的に言いたいことを言う』攻撃に、津永先輩はついに折れた。スマホを取り出して深々と息をつく。

「わかりましたよ。それで賛成票を入れた証拠も送れっていうんでしょう？」

　体育科の小田原先輩は、僕も見知った顔だった。あの、体育祭の準備期間で我々生徒会と対峙《たいじ》した体育科側の運営委員たち。委員長である自称魔王・瀧沢瑠威那《たきざわるいな》の背後に控えていた連中の一人だったのだ。失礼ながら、とくになんの貢献もしていないモブとしてしか認識していなかったけれど、運営委員に選ばれるくらいだから体育科内での人望は厚いわけだ。

「言っとくけどな、体育祭の件を根に持って反対に回ってるとかそういうわけじゃねえからな。俺は、まあなんだ、議会を畳むにしろもう少しじっくり考えてからっていう」

「中央議会の発展的解消は私の入学当初からの目標なんです。お願いします、協力してください」

朱鷺子さんの懇願はまるっきり先ほどと同じだった。わずかな身の乗り出し方や目の潤ませ方までそっくり同じだ。

「だから、その、協力はするけど焦って進めることはないだろっていう意思表示で」

小田原先輩も朱鷺子さんの懇願の圧力におされっぱなしだった。

「お願いします。私の四年間が実るか無駄になるかがかかっているんです」

自分の言動とはいえよくここまで完璧にコピペできるものだと傍で見ていて僕は感心してしまう。小田原先輩もやがて苦い顔になって陥落した。

「そこまで言うんなら、わかったよ。……スクショは神林のスマホに送ればいいんだろ、ＩＤ送るから承認してくれ」

＊

津永先輩の２票と小田原先輩の４票、合わせて６票を得て、ようやく憲章改正案が可決されるかと思われた翌日の審議で、またも波乱が起きた。生徒会室で議決結果をじっと待っていた僕のスマホにプッシュ通知が入ったのだ。有馬瞳さんからのLINEだった。

『ごめんねフッキー　今回まちがって否決入れちゃった』

僕は思わずのけぞって奇声をあげそうになり、隣のデスクで事務仕事をしていた美園先輩にたいそう心配された。

夕方、僕と朱鷺子さんとキリカは僕の寮の部屋で落ち合い、賛成48反対27という結果の出たスマホを囲んでしばらく押し黙っていた。

「前回から6票増えても7票減ったんじゃ、こうなるのが当然ですよね……」

だれでも見ればわかる当たり前のことを言って僕はなんとか重たい沈黙を押しのけた。

「ここにきて有馬さんが裏切るなんて。……いえ、あの人はもともと気まぐれだし私に対抗意識燃やしているから、味方だと考える方がおかしいのだろうけれど……でもどうしてこのタイミングで」

「たぶんスケジュールの関係上」

キリカがぼそりと言った。

「スケジュール？」朱鷺子さんは首を傾げる。

「そう。有馬瞳は一昨日《おととい》でドラマの収録の仕事が一段落ついて、これから冬休みまで大きな仕事が入っていない。つまり、タレント業で忙しい日に中央議会の招集日をぶつけて強制的に欠席にさせる、という手が使えなくなった。だから安心して再び反対派に回れるようになった」

「よく調べてるわね、さすが……」

朱鷺子さんのため息は感心半分、落胆がもう半分といったところ。

「ええと、じゃあ、まちがって否決入れちゃった、ってのは嘘なわけ?」

僕は自分のスマホの画面を指さして訊《たず》ねる。

「嘘にきまってるでしょ。こんな都合のいいタイミングで、都合よく2票差でまた否決できるようになったんだから。操作ミスなんかのわけがない」

ううむ、信用ないんだなあ、あの人。当然といえば当然か。

「もうなりふりかまっていられない」と朱鷺子さんは立ち上がる。「あと三人の三年生、丸川先輩と東堂先輩、それに徳村先輩を説得して回るわ。それしかないでしょう」

朱鷺子さんが部屋を出ていってしまったあとで、僕はベッドの下段にごろりと寝転がってつぶやいた。

「なんか色々納得いかない……」

「なにがですか、せんぱい」と薫くんが僕の顔をのぞき込んでくる。

「だから、ほんとに色々。なんもかんも。票構成がころころ変わってるはずなのにこうも否決され続けるところとか、三年生の議員さんたちがそろいもそろって妙にちょろく説得されちゃうところとか。踊らされてるんじゃないの？　反対派にもだれか作戦を練っているやつがいて、朱鷺子さんの打つ手をひとつずつ潰してってる、みたいな……」

「せんぱいはひとをだまし続けてきたから、ひとにだまされてるかもしれないって疑いながらこれから先も生きていくんですね……」

僕の人生を勝手に悲愴《ひそう》な感じに総括しないでくれる？

「でも、ぼくだけはだいじょうぶですよせんぱい！　ぼくだけは信じてください、ぼくはずっと後輩のままですから！」当たり前だろ。年齢はどうやっても追い越せねえだろ。

ところが、先ほどから押し黙って考え込んでいたキリカがふと口を開く。

「……たぶんひかげが言っているのはだいたいあってる」

「えッ？」

僕は素っ頓狂な声を出していた。キリカの方が目を見開いて驚いている。

「な、なんでそんな大きな声出すの」

「……い、いや、キリカが僕の考えを認めてくれるなんてはじめてだったから」

「そんなことないでしょ。わたしがいつもいつもひかげの浅い思慮や凡庸な憶測や暗愚な主張をばかにしてるみたいなこと言わないで」

いつもいつもしてるよねっ？

「まだ材料が足りない。推測に過ぎない。でも――」

キリカは声を落として続ける。

「――朱鷺子はたぶん丸川先輩も東堂先輩も徳村先輩も説得に成功して賛成派に引き入れる。そして、次の議案はいいかいいい49対26で否決される」

＊

その二日後の午後四時、僕はキリカと一緒に議長執務室に足を運んだ。審議が終わってだいぶ時間が過ぎていたので、議場に残っているのは駒沢さんや蝦名さんといったいつものスタッフの娘たちだけだった。談笑しながらノートＰＣのキーを叩いて議事録を整理しているところだった。僕とキリカの姿をみとめると「こんにちは」と笑いかけてくる。僕らは会釈して議場の奥の執務室に向かう。

「……副会長さん、いつも会計さんと一緒だよね」

「それは、あの二人はほら、……だから」

「えーっ、じゃあ朱鷺子さんとの関係はどうなってるのぉ？」

噂話《うわさばなし》が丸聞こえなので僕は閉口した。キリカもなぜか僕をにらんでくるし。

当の朱鷺子さんは執務室のデスクの椅子にぐったりと身を沈めていた。彼女の口からまず語られたのは、キリカの予言が寸分違わず的中した、という信じがたい報告だった。

49対26で否決。票差までぴたり、だ。

「もう、どういうことなのかわからない。三年生の人たちは全員説得して、LINEで証拠のスクショも送ってもらったのよ。どうなってるの？　だれが裏切ってるのかわからないけど、片っ端から否決する目的はなんなの？　これじゃ権限の削減が全然進まない。予定では六回の召集で年内に片がつくはずだったのに、これじゃ去年と同じく毎月召集しなきゃいけなくなる……ああもう……」

朱鷺子さんは両手に顔を押しつけた。ここまで弱っている彼女ははじめて見た。

「……証拠のスクショはみんな送ってきたんですか」

僕はおそるおそる訊いてみた。

「六人とも送ってきたわよ。でも否決なのよ？　だれかが偽造したとしか思えないわ。やっぱりこんなの証拠にはならないってことね……」

朱鷺子さんの声はしおれきっている。そういえば今日の作戦会議は僕の部屋ではなくこの議長執務室なわけだが、結果にくたびれ果てて僕の部屋まで来る元気もなかったからだろうか。それはそれでいいのだけれど。

三年生議員はみんな大量票の持ち主なので、もし全員がほんとうに賛成を入れたとなればまず三分の二とれてしまうはずだ。となれば、やっぱりスクショを捏造《ねつぞう》した、のか。あんなもの、議案名や投票数が表示されているだけのシンプルな画面だから、すぐ作れてしまう。というか同じ票数持ちで実際に賛成票を入れた人からスクショをもらって、それをあたかも自分のスクショであるかのように送ってしまえば工作する手間さえ要らない。ああ、たぶんこの手だな。しかしそうすると三年生議員は全員結託している？　どうしてそこまで朱鷺子さんを敵視するんだろう。みんな会長選では反・神林勢力だったみたいだけれど、それを中央議会みたいな実質的権力を持たない場所にまで持ち込んでどうするんだ、審議の回数と手間が増えるだけなんだぞ？

僕と朱鷺子さんのため息が重なった。

手詰まり——だった。

というか、いったいなにが起きているのかよくわからないので、手の打ちようがない。だれが裏切っている？　だれとだれが敵なんだ？　三年生以外にも敵がいるのか？

頼りになりそうなのはもう生徒会探偵しかいなかった。でも、キリカはぼそりとこんなことを言った。

「とりあえず次の審議はこのままやって。それでも否決されるようなら、最後の手段しかない。来年四月まで議会の召集をやめる。三年生議員が卒業しちゃえば簡単に三分の二が取れるようになるでしょ」

僕は絶句した。

そんなので——いいのか？　そんな、強引で、無情で、非探偵的な手段を、よりにもよってキリカが発案するなんて。

朱鷺子さんの顔をうかがうと、彼女も同じことを思ったのか、表情をこわばらせている。でも、キリカは自分のスマホを取り出して画面を朱鷺子さんに見せた。朱鷺子さんは小さく息を呑《の》み、それから吐き出し、言った。

「……そうね。わかったわ。そうしましょう」

*

他になにひとつ手を講じていないというのに、翌々日、予算審議権放棄の憲章改正案は賛成58反対17で可決された。

その信じられない結果を記した朱鷺子さんからのＬＩＮＥメッセージを、僕は会計室で受け取った。すぐそばにいたキリカに伝えると、素っ気なくうなずく。

「そうなるとは思ってた」

「……え？　あの、どういうこと？　こないだからもう全然さっぱり意味不明で。キリカは全部わかってるの？」

「その結果で全部わかった。だれが裏切っているのかも」

僕は生徒会探偵の顔をまじまじと見た。

「わ、わかったのっ？」

「でも、朱鷺子にどう伝えていいのかわからない」

キリカは両脚を椅子の上に引っぱりあげ、背を丸めて膝を抱え込んだ。

「そのまま報告したら……朱鷺子はショックかもしれないし……」

事件が終わろうとするときに探偵がいつも味わう、真実の苦味。

僕はしばらく考えてから意を決して言った。

「……僕なら、……なにか考えつくかもしれないし」

冷ややかな横目が飛んでくるので言葉の続きを呑み込んでしまう。でもキリカはふうっと息を膝頭に吐きかけ、座り直し、僕の目を正面から見据えた。

「以前なら、探偵助手に前もって真相を話すなんてことはぜったいしなかった。漏洩するかもしれないし、先走って勝手にばかなことするかもしれないし」

そんなに信用なかったのか、と僕は苦笑する。しかたないか。無謀なことばっかりやってきたもんな。

「でも」

キリカは声に熱をこめ、それから僕が見つめ返しているのに今さら気づいて恥ずかしそうに目をそらした。声もまたしぼませる。

「今のひかげなら、話してもいい。生徒会探偵も新シーズンだから。リニューアルキャンぺーンだから」

キリカの両手を握りしめて小躍りしたい気分だった。そんなことしたら探偵はへそを曲げてしまうにきまっているから喜びは腹の中に苦労して押さえ込んだけれど。

そうしてキリカは語る。たしかに、平静ではいられない真相だった。欺瞞《ぎまん》と背信と策謀の入り混じった、複雑で、けれど拍子抜けなほどシンプルな理由。しばらく僕は呆《ほう》けていて、なにをどう考えればいいのかさえわからなかった。対処すべき事態なのかどうかも判断がつかなかった。ほうっておくべきじゃないのか。当人たちの問題だろう。無感情に依頼を遂行してそのまま伝えて、あとは成り行きにまかせるべきでは……。

僕はキリカに気づかれないようにそっと首を振った。

探偵だけならそう考えるだろう。でも僕だって別枠で料金をもらうようになったのだ。僕にしかできないことを、やらないでどうする？　だいいちこれは——自分であまり認めたくはないが——僕の得意分野じゃないか。

それでも、かなり時間がかかった。僕が作戦を思いついたのは、朱鷺子さんが会計室に駆け込んできた瞬間だった。

「ほんとうに可決されたわ！　聖橋さん、いったいどういう——」

キリカは答えるかわりに僕の背中に手をあてて朱鷺子さんの目の前にずいと押し出し、言葉を遮らせた。朱鷺子さんは目をしばたたかせている。

「ああ、ええと、その」

心の準備ができていなかったので、間抜けな切りだし方になってしまう。どう言葉を選んだらいいのか。彼女を、どんな場所に導けばだれも傷つかずに済むのか。

さんざん迷った末に、たどり着いたのはこんな頼りない言い方だった。

「あとひとつだけ、確かめなきゃいけないんです、だから次の審議で、お願いしたいことがあります」

依頼人に甘えすぎだったと、後にいたく反省した。

＊

自分が立案した作戦なので、どうしても審議の経過を実際にたしかめたかった。でも部外者の僕が審議中の議場に立ち入るわけにはいかない。

そこで、僕とキリカは副会長室から『傍聴』することにした。例の、壁に開いた穴からだ。議長執務室越しなのでだいぶ声が遠いが、穴に耳を近づければ朱鷺子さんの声だけはかろうじて聞こえた。キリカと二人並んで床に腹ばいになっている姿は珍妙ではあったがしかたない。

「……それで、今日の議案は総務執行部からの要請で出されたものですけれど」

朱鷺子さんが言うのが聞こえた。他の連中の様子は一切わからない。ただ、朱鷺子さんがすぐに先を続けないところからして、まだ騒いでいるのだろうか。さっきまではみんな口々にお喋りをしたり飲み食いしたりしている雰囲気だった。ほんとにお茶会やってるんだなとあきれたものだ。さんざんじらされた末にようやく本題が始まったのだ。早く進めてくれ、と僕は床の冷たさを腹に感じながら祈る。

「これも憲章の改正が必要になる案件で、中央議会の開催場所の移転についてです。総務としては今後の中央議会解消を見据えて、早くこの議場を他の用途に使いたいと。現状、十六人でこの広さを使っているわけで、無駄だということなのでしょうけれど」

僕は隣のキリカに気づかれないように深呼吸した。僕の要請による議案だ。議員はどんな反応をするだろう。朱鷺子さんに代わって他のだれかが発言しているらしき間があった。内容までは聞き取れないが男子の声だ。それから再び朱鷺子さんの声。

「移転場所についてはすでに確保しているとのことです。理数科校舎のカフェが今年の夏に閉店しましたね、あそこです。総務としては中央議会はすぐにも廃止するので空いている場所ならとりあえずどこでもいいだろう、ということなのでしょう」

唾を飲み込む。作戦とはいえ、自分の発案を朱鷺子さんに非難されるのはあまり良い気分じゃない。

「でも」と朱鷺子さんは語気を強めた。まるで、盗み聞きしている僕にはっきりと伝えようとしているみたいに。「私はこの議案にはさすがに反対票を入れるつもりです。たしかに私も議会廃止を目指してますけれど、この案は私たちをないがしろにしています」

ざわめきが伝わってくる。質疑応答が始まったのだろう、朱鷺子さんが短く答える言葉が続く。時期はいつなのか、設備はどうなのか、いつまでその場所を使えるのか。

議場の空気が冷えているのか熱くなっているのかもここからは感じ取れない。

でも、キリカの推理が正しいのなら——

やがて波が引くように静けさがやってきて、朱鷺子さんが告げた。

「それじゃあ、議決に入ります」

僕は息を詰めて、答えを待った。かすかに帯電したような居心地の悪い沈黙が続いた。議員たちがみんなスマホを使って投票しているせいだろう。薄い秘密の膜に触れる十六の指先は、なにも語らない。熱も感情も伝えてこない。現れるのは、ただ両側に切り分けられた二つの数字だけ。

でも、その数字がなによりも雄弁に真実を物語ることだってある。結果だけはだれも偽ることができないからだ。

「——全員投票しましたね。開票します」

朱鷺子さんが言った。

あまりにも静かだったせいで、朱鷺子さんが次に小さく息を呑んだのがわかった。

「賛成50、反対25。本案は可決されました」

朱鷺子さんは僕とキリカが聞き耳を立てていたまさにその壁の穴から顔を出した。

「きゃっ」「わっ」

僕とキリカは同時に驚いて身を起こす。朱鷺子さんも目を剝いて言った。

「な、なにしてるのあなたたちっ？」

穴から出てこようとしているあんたに言われたくないんですけど？

しかし朱鷺子さんは両手を穴越しにこちらに伸ばしてきて言う。

「引っぱってくれる？　さすがに独力では無理みたい」

「え？　い、いや、なんでここから？　普通に廊下回ってくれば」

「まだ議場にみんないるの！　なんだか気詰まりだから出ていくところ見られたくないの、説明も早く聞きたいし！」

僕はあきれたが、ほんの数メートルの距離にある場所に移るのに長い長い廊下をぐるりと回ってくるのが馬鹿馬鹿しくなる気持ちは理解できなくもない。というかもうここにドアをつけてしまったらどうだろう。もともと副会長室と議長執務室はひとつながりの部屋として設計されていたわけだし。そんなことを考えながら、朱鷺子さんの両手をつかんでこちら側に引っぱった。

キリカのときよりもだいぶ苦労した末に、彼女の身体は狭い穴を通り抜ける。ブレザーとスカートについた埃を払い落とし、それから僕の視線に気づいて朱鷺子さんは赤くなって言う。

「わ、私が太いんじゃないわよ、聖橋さんが細すぎるのよっ？」

なぜ考えていることがわかったんだ。いや、キリカのときはすんなり引っこ抜けたなあと思っただけで太いとかどうとかは朱鷺子さんの被害妄想ですけど。

「べつにそんなことは考えてな――」と言い訳しながらキリカに目を移すと、今度はこっちにも怒られる。

「ひかげはわたしがぺったんこだって言いたいのっ？」

これはもう100％被害妄想ですけどっ？

「い、いや、あの、ほら朱鷺子さん早く説明聞きたいんですよね？」

僕が強引に話を戻すと、朱鷺子さんも冷静になったらしく気まずそうに咳払いした。

「……そ、そうだったわ。投票結果は――聞こえてた？　50対25で可決、よ」

僕もキリカもうなずく。

議会の開催場所移転案。憲章改正が必要となる議案のため、可決には三分の二以上の賛成票が必要だった。つまり50票、ぴったりだ。しかも。

「私は牧村くんの言う通り、事前に反対を表明したし、実際に反対に入れたわ。つまり私以外の全員が賛成に入れたということよ？　いったいどうしてこうなるの？　あの議案にどういう意味があるの？」

朱鷺子さんは余裕のない表情で僕に詰め寄ってくる。僕は後ずさりながら言葉を必死で選ぶ。僕の導いた結果なのだ。あとは語るだけ。

「だから、……朱鷺子さんは、だれが裏切ってるのか知りたかったわけですよね」

「そうよ。この投票結果でなにがわかるっていうの？」

「見ての通りです。裏切っていたのは朱鷺子さん以外の全員です」

さしもの朱鷺子さんも絶句した。ふらっと足が泳いでよろけそうになったので、僕はあわてて手を伸ばして支えた。彼女は僕の腕にしがみついてなんとかこらえると、不安げな目を僕とキリカの間でさまよわせる。

「どういう……ことなの」

僕は横目でキリカを見た。実のところ僕も詳しい理屈はよくわかっていないのだ。ここから先は探偵の領分だろう。キリカもうなずき、朱鷺子さんに目を移す。

「そもそも、これまでの一連の議決の票推移はどこかおかしかった。朱鷺子が三年生議員を一人説得して賛成派に引き入れるたびに、ぎりぎり三分の二を下回るように反対票が増えて否決された。二回目も三回目も四回目も」

「それは……そう、だったけれど」

「五回目は、三年生議員の全員を説得して賛成票スクリーンショットを送らせる約束を取りつけていた。でもやっぱり49対26で否決されたでしょう」

「ええ。だからスクショなんていくらでも偽造できるし無意味だって」

「偽造ではない可能性はちゃんと存在した」

「……え？」

「三年生議員六人の票は合計で24。朱鷺子の賛成票25を加えても、他の全員が反対に回れば49対26、三分の二を下回る」

朱鷺子さんの目はいっぱいに見開かれ、それから視線が揺らぐ。

「……それは……数字の上ではそうかもしれないけれど、……そんな、まさか」

「わたしも確信はなかった。だからあの議決結果が出た後、わたしが議長執務室で朱鷺子に言ったでしょう」

あのときのキリカの発言はこうだ。

『とりあえず次の審議はこのままやって。それでも否決されるようなら、最後の手段しかない。来年四月まで議会の召集をやめる。三年生議員が卒業しちゃえば簡単に三分の二が取れるようになるでしょ』

ためらう朱鷺子さんに対してキリカは自分のスマホを見せた。メモ帳にこんなことが書かれていたのだ。

『これも調査の一環だから質問せずにとにかく賛同して』

だから朱鷺子さんは驚きつつも、キリカの提案を呑むようなふりをした。

「あれはどういう意味があったの？　けっきょくその次の審議では議案が通ったからあんな措置はせずに済んだし」

「あの話は議長執務室でする必要があった。あのとき議場にいた人間に聞かせるための話だったから」

朱鷺子さんは息を呑む。

意図的な情報漏洩によって犯人をあぶり出す、古典的な手法。あのとき議場にいたのは駒沢さんや蝦名さん——これまでずっと一緒に働いてきた議会スタッフたちだ。

「あの話は、彼女たちを通じて三年生議員にも伝えられた」とキリカは言った。「そして、わたしの提案した『最後の手段』——今年度いっぱいの議会休止を防ぐためには、次の議案を可決するしかなかった。その結果が六回目の審議」

「意図がわからないわ。可決してまで防いだ、ってどういうこと？　先輩たちは私の議案をとにかく妨害して議会解消をなるべく先延ばししたかったんでしょう？　開催させるために可決するなんて、そんなことしたら議会解消も早まるのに」

キリカは目を伏せて首を振った。

「そうじゃない。あの人たちは議会解消に反対していたわけじゃない。純粋に、議会の開催回数が減るのを嫌がっていただけ」

　朱鷺子さんは困惑しきった顔で眉をひそめた。

「権限削減の議案を否決し続けたのも、そうすれば審議の回数が増えるから。権限維持にこだわったせいで卒業まで休会されたら意味がないから、それなら可決に回る。ただそれだけのこと」

「ごめんなさい聖橋さん、言っていることがさっぱり理解できない。じゃあ先輩たちはいったいなにが目的だったっていうの？」

「だから」

　キリカは一区切りいれてふうっと息をついた。

「あの人たちは議会に参加することそのものが、それだけが目的だったの。朱鷺子といっしょに議会を——ううん、お茶会をたくさんしたいだけだったの」

　表情に一切変化がないのに、意識だけがぽんと空中に抜け出てしまった。そのときの朱鷺子さんはそういう顔をしていた。無理もない。

「受験も控えているのにわざわざ集票に走り回って議員になったのはそのため。二年生以下の議員たちもその気持ちを汲《く》んで協力した。なぜって同じことを考えていたから。結託して毎回ぎりぎり三分の二を割るように票を調整していた。そうすると朱鷺子が自分で説得に回ることになる。朱鷺子とLINE友だち登録もできる」

「……あ、あれも目的だったのっ？」

朱鷺子さんは声をひっくり返らせた。

「たぶん、ひかげが有馬瞳とあまりにも簡単にLINE登録できてしまったものだから、そのやり方が使える、と三年生議員たちの間に広まったの」

え、そこは僕のせいなのかよっ？

「証拠のスクショをLINEで送る、というのは朱鷺子が言い出したことじゃないでしょう。みんな向こうから自主的に言ってきたことでしょう？」

「……そう……たしかに、そうだったけれど……」

朱鷺子さんは口を両手で覆ってつぶやく。それからはっとなって語気を強めた。

「待って、それじゃあなに？　先輩たちはみんな私と、つまり、仲良くなりたかっただけって言いたいのっ？」

「さっきからそう言っている」

「でもみんな会長選のときに私の敵に回って落とそうとしてたんでしょう？　聖橋さんが調べ上げたじゃない」

「会長選で反・神林になるのは当たり前。だって会長になってしまったら議長になれないから。一緒にお茶会できなくなる」

朱鷺子さんはもう絶句するしかなかった。

「三年生以外の議員もみんな同じ気持ちだった。朱鷺子と一緒に楽しくお茶することだけが目的だった。だから審議の回数が減ってしまうような権限削減の議案は可能な限り否決し続けた。そして今日の議案の可決で、すべてが立証された」

朱鷺子さんのうつろな視線が僕に移される。僕の立てた作戦だったのだ。なんとなく気まずくて目をそらしてしまう。

ようやく朱鷺子さんは落ち着きを取り戻し、苦い顔で口をまた開いた。

「つまり——議会の開催場所をカフェ跡地に移せば、飲食もできるしキッチンまである。ほ、ほんとうにお茶会ができる。それは全員の望みだったけれど、私が投票前に反対票を入れると明言したから、全員で結託して賛成に入れるしかなかった。……そういうこと？」

キリカは無表情にうなずいた。朱鷺子さんはくたびれきった表情で僕に言った。

「牧村くん、椅子を借りてもいいかしら」

「え？　あ、はあ、どうぞ」

副会長室にひとつしかない僕の椅子に、朱鷺子さんは深々と身を沈め、ほうっておいたらいくらでもずるずる伸びそうな長い長いため息を吐き出した。こんなにショッキングな真相暴露が続いたのに、よく椅子を借りていいかどうか訊ねるなんて気遣いができるもんだな、と僕は変なところにまで感心してしまう。

「まだ信じられないわ……。みんなが、その、私に……好意的？　ただ集まって私を囲んでお喋りしたかっただけ？　ああもう……なんなの、なんでそんなことになるの？」

それはあなたがとても美しくて聡明《そうめい》で気配りができて芯が強くて要するにとても魅力的な女性だからですよ、と当然のことを言おうとしたが、とんでもない反応が返ってきそうな予感があったので黙っておいた。

「私にいつも苦言ばっかりの芝木先輩や丸川先輩も？　突っかかってくるばっかりの有馬さんもそうだっていうの？　そんなの……」

「あのね、朱鷺子」

キリカが真剣な眼差しで、けれど子供に言い聞かせるような柔らかい口調で言った。

「好意は明言しなければ、ときには明言してさえ、全然伝わらないものなの。朱鷺子もよくわかってるはず。これだけはっきり好意を示しているのにどうしてこの人は気づかないんだろう、って思った経験が何度も何度も何度も何度もあるはず」

朱鷺子さんは目をしばたたいた。それから少し意外なことに、苦笑した。

「……言われてみれば、そうね」

「普段からちょっとでも尖《とが》った態度をとり続けていると、どんなタイミングでどれだけ好意を示そうが伝わらないってこともわたしたちならよく知ってるはずでしょ」

「ほんとうにその通りね」

「もっとも、相手が鈍いせいもあるかもしれないけれど」

「私は半分くらいはそのせいじゃないかと思ってるわ」

「わたしは八割方そのせいだと思ってる！」

おまえら、僕をほっといて一体なんの話でヒートアップしてんの？

それから朱鷺子さんは立ち上がった。先ほどまでのくたびれきった表情はもうだいぶやわらいで、いつもの折り目正しい活力が目に戻ってきている。

「調査ありがとう、聖橋さん。それから牧村くんも。請求書お願いね。あと──」

彼女の言葉を遮ってドアが開き、生徒会室の明かりが副会長室に差し込んできた。

「キリカさんひかげさん、議会のこと聞きました？　またまた可決されたんですって、いったいなにをどうしたんですか、またひかげさんの素敵な詐欺が炸裂《さくれつ》ですかっ？」

美園先輩が満面の笑みで部屋に飛び込んでくる。朱鷺子さんと鉢合わせすると、目をまん丸にして口に手をあてた。いると思っていなかったのだろう。そりゃそうだ、まさかの壁の穴ルートでやってきたのだから。

「え、あれ、朱鷺子さんまで？　いついらっしゃったんです？」

「色々と説明しておいて。任せたわ」

朱鷺子さんは苦笑いしてキリカにそう言うと、美園先輩のブレザーの肩をぽんと軽く叩いて部屋を出ていった。顔は平気そうだったけれど、まだそれほど心に余裕が戻っていないのだろう。それに、彼女はこれからやらなきゃいけないことが山積みだ。愛すべき議員たちと、これからものらりくらりと議会を続けるために。朱鷺子さんならきっと、こんなわけのわからない状況でもうまくやってしまうのだろう。議会なのに集まって楽しくお喋りするだけが目的だなんて不真面目だ、と糾弾する資格はだれにもないのだ。なぜって、議会をそんなふうに骨抜きにさせてきたのは他ならぬ朱鷺子さんだからだ。いつかの天王寺狐徹の言葉を僕はどうしようもなく思い出す。

議会は議論をする場ではない。政治についてなにかをする場ですらない。

お茶会、なのだ。皮肉でもなんでもなく。

ちょっとうらやましい気もした。僕だってお相伴したい。三権分立なんていうくだらない建前が、このときばかりは恨めしかった。

顚末《てんまつ》だけ書けば、その後、中央議会は翌年度の十一月まで存続した。神林朱鷺子ファンクラブ公認お茶会として、だ。卒業してしまった議員たちもたまに顔を出していたというからあきれる。

もちろんキリカは容赦なく議会の予算を削り、四月段階でついにゼロにしてしまった。生徒会探偵とちがって、もうひとつの貌である生徒会会計には情も慈悲もないのだ。

＊

「――ところで、ひかげ」

　事件解決翌日、調査の請求書をまとめ終えたところでキリカが言った。

「有馬瞳とＬＩＮＥで友だち登録したというのは、ほんとうなの？」

「え？」

　今さら？　と思ったが、そういえばキリカにはそのへん詳しく話してなかったし、瞳さんから送られてきたスクショも見せてなかったっけ。

「ほんとだけど」

「どうしてそういう公私混同するのっ！」キリカは真っ赤になって激怒した。「探偵業務中なのに女の子と見ればすぐ手を出して！　ゆるさないから！」

「手を出した、ってなんだよ？　調査に必要だったから登録してもらったんだよ」

「わたしとも登録してないのに初対面の女子とは軽々しくするなんて、ひかげのばか！」

「キリカ、ＬＩＮＥなんてやってたの？」

「当たり前でしょ。ムーミンとかミッフィーとかバーバパパとかのかわいいスタンプ見つけるたびに全部買ってる」

いかにも女子高生らしいものには手を出さない主義かと思っていたので、激しく意外だった。しかしキリカは目をそらしてこう付け加える。

「友だち登録はまだゼロだけど」

　さみしすぎるだろ！　スタンプなんのために買ったんだよ？

「……ああ、うん、じゃあＩＤ教えてよ」

「ひかげに登録してほしいなんて言ってないでしょ」

「なんなんだよ。じゃあさっきなんで怒ったんだよ。いやまあ無理にとは言わないけど」

「……でも、これからの助手業務報告はＬＩＮＥで報告してもらおうかと思ってる」

「――っていう口実で僕を登録したいわけ？」

「ちがうってば！」

　キリカの顔はもう曼珠沙華《まんじゅしゃげ》みたいな真紅に染まった。

　かくして生徒会探偵とその助手は、めでたく（？）ＬＩＮＥで友だち登録をした。

　とくに用もないのにその日のうちに大量のスタンプが飛んでくるようになり、おまけに既読スルーにとても厳しく、とうとうブロックした。もちろん次の日に顔を合わせたときにめちゃくちゃ怒られたけれど。

3

いつの間にか冬がやってきていた。

「ウサギさんもすっかり冬毛ですね。もこもこになりました」

入浴後、ルームメイトの薫《かおる》くんがウサギをブラッシングしながら言う。

「冬毛？　全然気づかなかった」

「せんぱい、飼い主なのに！」と薫くんは驚く。「先月くらいからすっごく抜け毛がふえてたじゃないですか」

「いや、飼い主じゃないし……そいつが勝手に棲《す》みついてるだけで。ブラッシングなんてしてやってるのも薫くんだけだと思うよ。むしろ薫くんが飼い主じゃない？」

「ぼくが飼い主！」

薫くんはうっとりした顔でウサギを抱え上げる。

「ぼくがひかげさんを飼ってたんですね……そういえば毎日ひかげさんにごはんも用意してあげてたし、ひかげさんが散らかしたのをかたづけてたし、ひかげさんがお風呂にいくときもタオルとか出してあげてたし」

「わ、悪かったよ！　世話かけっぱなしで！」

僕がたまらず口を挟むと薫くんは首をかしげる。

「今のはウサギのひかげさんの話ですよ？」

「あ……ああ、うん、そうかごめん」

「ひかげさんはほんとに甘えんぼさんですからね」と薫くんは膝にのせた茶色いむくむくの毛玉をなでくりまわす。「ぼくが用意しないとしょっちゅうごはん食べるの忘れるし。机でよく丸くなって寝てるから毛布かけてあげないと風邪ひいちゃうし。たまに顔もぼくが洗ってあげてるし。でもひかげさんはそういうところもいいんです」

「そんだけ気に入ってるならずっと一緒にいてやってよ」と僕は冗談めかして言った。ウサギだっていつまでもこの寮をこっそりねぐらにしているわけにはいかないだろう。

「今のは人間のひかげさんの話ですよ？」

「……えっ？　あ、ああ、……ええっ？」

「せんぱいの方もそんなふうに思っててくれたなんて知りませんでした、ずっと一緒にいますね！」と薫くんはウサギを抱えたまま僕のベッドに飛び込んできた。

「狭い！」

「だいじょうぶです、ぼくちっちゃいから」

「いやそういう問題じゃ――」

言いかけた僕は、たしかにさほど狭苦しくないのを感じてびっくりする。薫くんの身体が細っこい上に、うまく姿勢をとっているからだろうか。それにしても。

「今夜もすごく冷えるし、みんなで一緒に寝た方が効率的です。ね、ひかげさん」

同意を求められたウサギは、すでに僕と薫くんの顔の間で丸くなって目を閉じている。毛が頬にちくちく当たって気になる。

まあ、いいか……と僕は毛布をあごまで引っぱり上げた。たしかにあったかい。この寮は古すぎて暖房設備が貧弱なのだ。このぬくぬくしたまどろみの魅力には抗《あらが》いがたい。いったん毛布にもぐってしまうともう抜け出す気力もなくなる。

耳も足もどこかわからないくらいまんまるの毛のかたまりになったウサギを、僕はちらと見やる。話はうやむやになってしまったが、僕も薫くんも卒業しちゃったらこいつをどうするのか、考えておかなきゃいけない。次にこの部屋に入ってくる生徒に託すわけにもいかないし。管理人室に返せばいいか。もうお忘れの方も多いかと思うが(僕も忘れかけていたが)もともとこのウサギは寮の管理人さんがこっそり飼っていたのだ。今ではすっかり我が物顔で学園内をうろついているけれど、本来いてはいけないやつなのだ。どういう処遇になるにしろ管理人さんが責任を負うべきだろう。

と、目の前の毛玉がむくりとウサギの形に戻り、黒い瞳が僕をにらみ、前足がぺたりと僕の鼻面を押す。

なんだよ。なんか文句あるのか？

まさかおまえまで僕のことを飼い主だと思ってるんじゃないだろうな？　卒業したら連れていけとか思ってないだろうな？　そんな筋合いはないぞ？

ウサギは再び不機嫌そうに球形になった。僕は寝返りを打ってウサギから顔をそむけた。だいたいおまえ、どこでだって生きていけるだろ。今も好き放題うろついて、あっちこっちで餌もらってるじゃないか。今すぐ出てったって問題ないんだぞ？　なんか総務執行部で飼ってるみたいに思われてるけど、学園内で勝手にペットを飼うなんてほめられたことじゃないし。一応は全校生徒の代表者である総務が率先してルール違反しているのもどうかと……。

そんなことを考えながら僕は目を閉じ、薫くんの体温を背中に感じつつ眠りの中に落ちていった。

＊

ウサギはさておき、十二月である。

秋から初冬にかけてぎっしり詰まっていた全校イベントもすべて終わり、心地よい脱力感の中、二学期の期末考査がやってきた。

　祭りと戦いの連続で、勉強なんてまったくしていなかったので、さぞ惨憺《さんたん》たる結果だろうと思いながら僕は試験に臨んだ。一学期はそれはそれはひどい成績で、F組からの降格も見えていたのだ。

　しかし実際に試験問題に向かい合ってみると、意外にもするすると手が進む。以前のような絶望感がない。自信を持って——とまでは言えないけれど、それなりの手応えを感じながら僕はテスト全日程を終えた。

　ひょっとして今回はどのテストも問題が簡単だったのでは？　と思い、同じ試験を受けたキリカに訊《き》いてみる。

「ひかげが学校に慣れてきただけでしょ」

　会計室の暗がりで彼女はすげなく言う。

「そもそもひかげは白樹台《はくじゅだい》の編入試験に受かるくらいの学力はあったんだから、一学期はちゃんと授業を聞いていなかっただけ」

　一度も授業に出てこないやつに断言されたくないんだが？　その通りかもしれないけど。まあ、今はまだ試験休みで採点中だ。結果が出てみれば僕のこの手応えもみんな気のせいで赤点ずらりでした、なんてことになるかもしれない。それまで、束の間の休息を堪能することにしよう。ひとまず年内に生徒会で大きいイベントはないはずだし。

　と思っていたら——

「ひかげさんっ、いよいよ十二月ですね！」

美園《みその》先輩がうきうき顔で僕のデスクにやってきた。

「もう私、待ち遠しくてしかたありません。準備のことを考えただけでテスト勉強も手につかないくらいでした」

僕は目をしばたたく。

「準備って……まだなにか催し物ありましたっけ？」

先輩は大きな青い目をさらに大きく見開いた。

「ひかげさん、そんな……なにがあるのか知らないのですか……」

「え、はあ、すみません」

「どこからお話ししたものでしょう……」と先輩はしばらく思案顔でまつげを伏せた後、視線をまた持ち上げて僕を正面から見据えた。「いいですかひかげさん。厚生労働省が定期的に公開している調査資料に、人口動態統計というものがあります」

いきなり難しそうな話を始められたので僕は面食らう。

「これは出生届や死亡届をもとに人口の変動をさまざまな切り口から詳細にデータ化したものです」

「は、はあ」いったいどうしたんですか先輩？　なんの話？

「総人口、出生数、出生率といった主要なパラメータはもちろん、地域別や年齢別の人口分布など非常に細かい値が算出可能です。複数年にわたるデータを網羅することでかなり信頼性の高い統計結果も出すことができます。出生月日の分布、つまり何月何日に生まれた人が何人いるのか、も割り出せます」

「はあ。それでええと……？」

「その結果によれば日本で一年のうち最も新生児が多く出生しているのは九月後半です。ところで人間の一般的な平均妊娠期間は受精から２６６日、つまりおよそ九ヵ月弱です。逆算すれば最も多く子作りが行われているのは十二月後半ということになります！　十二月後半といえば聖なる夜、精なる夜、性なる夜です！」

「最初からクリスマスって言えよ」なんだったんだ人口動態がどうとかいう前振りは。完全に不要だっただろうが。「あー、その、クリスマスでしたね。生徒会でなにかやるんでしたっけ？　そういう話は聞いてなかったですけど……」

「いえ、生徒会としてはとくになにもしません。生徒が自主的に開催するイベントはたくさんあるみたいですけれど。有名なところでは、軽音楽系のクラブが合同で行うクリスマスライヴや、ゴスペルコンサート、理工学科有志のイルミネーションなど――」

「そういえばポスターいっぱい張ってあったり中庭で大工事してたりしますね」

「――い、いけませんひかげさん子作りなんてそんなはしたないっ」

「今頃っ？　二十秒くらい前ですよ、しかも先輩が勝手に自分で言ったんですよっ？」

「これはむしろひかげさんの遺伝子が言わせたんです！」なんかやばいこと言い始めたぞこの人？「私も今回がひかげさんと過ごすはじめてのクリスマスですもの、できれば最初は落ち着いてお食事してコンサートでも聴きにいってツリーでも観てゆったり過ごしたいですけれど遺伝子がささやくんです」

その遺伝子とやらにおまえが落ち着けって言ってやれよ。

「……って、あの、僕と過ごすって言いましたか？　そんな約束してましたっけ」

美園先輩は青ざめてふらついた。

「……そんな、ひかげさん……忘れていたんですか？　してもいない約束を……」

「してないんじゃん」危うく反省しかけたわ。

「今から約束すればいいんです！　それともひかげさん、クリスマスになにかご予定でもあるんですかっ？」

なんでちょっと怒ってんの？

「とくにないですけど、冬休みに入ってますし帰省しますよ。たしか二十五日から寮が閉まるんでしたよね。二十三日には帰るかな……」

「ひかげ、家に帰るつもりなのっ？」

声に振り向くと、会計室からキリカが出てきたところだった。腕にはウサギを抱えている。どちらも不機嫌そうだ。

「そりゃ帰るしかないだろ」

「ひかげの世話はどうするの！　ひかげが飼い主なんだから責任もってひかげの面倒見て、ひかげがさびしくて死んじゃったらどうするのっ」あいかわらずわけわからん。僕とウサギとでイントネーション変えるとかしてくれないかな。いやもちろん同じ名前で呼ぶのをやめてくれるのがいちばん助かるんだけど。

「こいつはさびしくて死んじゃうようなタマじゃないと思うけど」

「ひかげさんがいないとキリカさんがさびしくて死んじゃいますよ」

「わたしはウサギじゃないでしょっ」

「さびしいのは認めるんですね？」

「あ、うぅ、そんなわけない！　ひかげなんて一生冬休みで帰省してればいい」

それニートっていうんじゃないの？

「でもとにかく閉寮は二十五日からなんだからそれまではひかげは学校にいてひかげの面倒を見なきゃいけないの！　わたしも餌やりはするけど他はひかげの仕事！」

僕は真剣にウサギを実家に連れ帰ることを検討しはじめた。

「……ていうかキリカも冬休みはさすがに実家に帰るでしょ？」

訊いてみるとキリカは目をそらした。

「……帰らない。パパと一緒にいたくない。ママも家にいないし」

そういえばこいつは実の父親と絶賛大喧嘩《おおげんか》中だったのだ。問題が表面化したのはもうだいぶ前のことで、あれから例の変態親父さんはさっぱり音沙汰ないけれど、今どうなっているのだろう。知りたくはあったが訊くのは気が引けた。

「いやちょっと待って、キリカも今は寮生だよね？　寮が閉まっちゃったらどうするの」

「昔みたいに会計室で暮らせばいいだけ」

それもそうか。納得するところじゃない気もするけど。

「クリスマスは会計室でひとりでたけのこの里に生クリームつけて食べる……」

こっちが泣きそうになるからやめてくれない？　ちょっと美園先輩、なんですかその非難がましい視線は、僕のせいですか？　僕がなにかしなきゃいけないんですか？

*

なぜか朱鷺子《ときこ》さんからもクリスマスの話をされた。翌日、議長執務室に決算資料をまとめて持っていったときのことだ。

「薫は、自主補講があるから二十四日ぎりぎりまで寮にいる予定なのだけれど」

朱鷺子さんは僕の顔をちらちら見ながら言った。

「牧村《まきむら》くんはどうするつもりなの？」

僕は目をしばたたいて朱鷺子さんの顔を見た。

「……はあ。僕は二十三日に帰ろうかと。あんまり早く帰省してもとくにやることもないし、ひまなんですけど。僕の部屋は姉貴が物置にしちゃってて居場所もないし」

「そ、そうなの」

ちょっと残念そうな顔になる。

「そうすると二十四日は薫が寮の部屋にひとりでいることになるわね。不安だわ。あの子ひとりで生活できないいんじゃないかしら。牧村くんが二十四日まで残ってくれていれば安心なのだけれど……」

「え？　はあ、いや、あの、薫くんはめっちゃしっかりしてますから僕がいなくても大丈夫っていうか僕がいない方がむしろ安心なんじゃないですか。僕いつも薫くんに世話かけっぱなしだし」

どんだけ弟の評価が低いんだよ、と僕はあきれる。あんなによくできた子なのに。

「そう？　そうなの？」朱鷺子さんはまだ僕の顔をちらちらうかがってくる。「それでもやっぱり薫ひとりは不安ね……」

なにが言いたいのかいまいちよくわからない。

「ええと？　僕も二十四日まで残っていた方がいいってことですか？」

訊いてみると朱鷺子さんはびくっとなる。

「そんなことは言ってな――い、いえ、牧村くんがそうしてくれるというならありがたいわ、薫も喜ぶだろうし」

「たまには僕がいない方が面倒が減って喜ぶんじゃないかなあ」

「そんなことないわよ！」と朱鷺子さんが声を荒らげるのでこっちがびっくりする。彼女ははっと我に返って口を手で押さえ、声を落とした。「つまり、その、薫はあなたになついているから一緒にいてくれた方が絶対に嬉《うれ》しいわ。……薫が、よ？」

「はあ。そうですかね……」

「それとも」朱鷺子さんは咳払《せきばら》いをする。「二十四日は、その、なにか予定でもあるのかしら？　だれかとパーティをするとか」

「とくにないですよ。家でごろごろするだけです。ケーキくらいは食べるのかな」

朱鷺子さんの顔が目に見えて明るくなった。

「そう。そうなのね」

なんなんだよ。僕のイヴの予定ががら空きなのがそんなに笑えるのか？

「まあ朱鷺子さんがどうしてもっていうなら二十四日まで残りますよ」

「どうしてもとは言ってな――」と朱鷺子さんは腰を浮かせて言いかけ、座り直して口ごもる。「――いけれど、残ってくれるならありがたいわ」

「いえ、そんな礼を言われるようなことじゃ」

「そ、それで、その……」朱鷺子さんの口調はまだはっきりしないままだ。いつもは切れ味鋭い舌鋒《ぜっぽう》なのに、今日はどうしたんだろう。「二十四日の昼頃、私もあなたたちの部屋に伺うわ」

「え？　あ、薫くんを迎えにくるってことですか」

「そう。あの子、荷物多いだろうし。それで牧村くん、あなたも同じくらいの時間に出るわよね？　駅まで一緒だし、駅前のカフェでランチとケーキでもごちそうさせてくれないかしら。そのっ、つまり、私も薫も今年は牧村くんにたくさんお世話になったし」

言いながらも朱鷺子さんの顔は湯気が出そうなくらい上気している。僕にお礼を申し出るのがそんなに恥ずかしいの……？

「いや、いいですよそんなの。世話になったのは僕の方だし」

「あ、あなたはッ」朱鷺子さんはいきなり感情を爆発させた。「そうやって自分を過小評価するのをいいかげんやめなさい、そんなだから生徒会選挙のときも千票以上も獲《と》って狐《こ》徹《てつ》を勝たせてしまったんでしょうッ？」

あまりの剣幕に僕は思わず両手を持ち上げて頭をガードしていた。朱鷺子さんははっと我に返り、浮かせていた腰をまた椅子に落ち着かせた。乱れてもいないスカートの裾を何度も手で払って気まずそうに声を落とす。

「……ごめんなさい、いきなり怒って。でも、その、とにかく私も薫もあなたにはとても感謝しているのよ。だから素直に奢《おご》られなさい。わかった？」

「……はあ、すみません。わかりました」

「十二月二十四日のお昼に私と一緒にカフェに行ってケーキを食べるのよ、そういう約束をしたのよ、いいわね？」

「は、はい。大丈夫ですよ、そんなに忘れっぽくないですよ」

そこまで信用ないのか、僕。

「ならいいわ。もう用は済んだわよね？」

朱鷺子さんはそう言って椅子をくるりと回し、僕に背を向けた。デスク背後の本棚に僕の持ってきた資料をしまい始めている。とっとと帰れということか。よくわからないが怒らせてしまったのだろうか。よく見ると朱鷺子さんの肩とか首筋あたりがぷるぷる震えているし。いや、これ怒ってるんじゃなくて笑ってるのか？　僕、なにか可笑《おか》しいことしたっけか。


生徒会室に戻ってすぐに会長に言われた。

「イヴの予定が埋まったみたいだね？」

書記デスクでノートＰＣのキーを叩《たた》いていた美園先輩が椅子をひっくり返しそうな勢い

で立ち上がった。会計室のドアの向こうからもなにかものすごい音が聞こえた。

「な、ひ、ひかげさんっ、ど、どういうことですか、どなたとですかっ」

先輩が必死の形相で駆け寄ってくる。

「いや、普通に家に帰りますけど……。薫くんと朱鷺子さんも二十四日に帰るってことで駅まで一緒なんで、ちょっとカフェでケーキでもっていう話を──ていうか会長なんで知ってるんですか」その話したのは今さっきなんだが？

「あたしの地獄耳をなめないでほしい」と会長はデスクに両足をのせてふんぞり返る。そういや議長執務室は副会長室の真裏にあり、直接ドアでつながってはいないものの直線距離ではほんの数メートル先。サバンナの猛獣なみに耳も鼻も利くこの女にとっては壁なぞないも同然なわけだ。朱鷺子さんと話すときは気をつけよう……。

「クリスマスイヴにカフェで一緒にケーキですって……」

美園先輩は青ざめてふらつく。

「そんなのもう子作りしているのと同じじゃないですか、はしたない！」

「なにがどう同じなんですかっ？」あんたの頭の中どうなってんの？

「なにがどうって、それはつまりっ、ええと、ショートケーキはいちごが赤でクリームが白ですから、ああもうっ、赤で白なんてはしたないです」

よくわかんねえけど日の丸とかコカコーラに謝れ。

「ひかげ、二十四日に朱鷺子と遊ぼうなんてなに考えてるのっ」

会計室のドアも乱暴に開かれ、キリカが憤然と出てくる。

「そんなことしてるひまないでしょっ」

僕は目をしばたたいた。

「なんかあったっけ？　年内の業務はそんな詰まってないからテスト休み中に終わるし」

「なにもないけどっ」ないのかよ。じゃあなんで嚙《か》みついてくるんだよ。「この子はどうするの！」

キリカは大股で歩み寄ってきて、抱えていたウサギを僕の顔にぐりぐり押しつける。

「まさかわたしが実家に帰らず会計室にずっと寝泊まりするからって、年末年始わたしに世話を任せるつもり？」

「まさかでもなんでもなくそのつもりだったけど。適任じゃん」

「わたしは自分の面倒も見られないのにひかげの面倒なんて見られるわけないでしょ！」

いばって言うことなのか？

「だから、ええと、せ、せめて、寮が閉まるぎりぎりまでここに残ってひかげの世話をしていくべき」

「えええ……なんなのその理屈……。っていうかさ、こいつ今でも学園じゅうあちこち好き勝手うろついてるんだし、ほっときゃいいんじゃないの」

「ほうっておいて猛獣にでも襲われたらどうするの！」

「いるわけねえだろそんなん」

「あたしというライオンがいるよ」

「わけわかんなくなるんで会長は話に入ってこないでくれますかっ？」

「あたしはウサギも大好物だからヒカゲを襲うのにやぶさかじゃない」

「ちょっ、会長やめっ、耳を噛むな！　こっちは僕です、ウサギはこっち！」

「狐徹ーッ！」「狐徹なにしてるんですか私もしたことないのにっ」

その日はちょうど薫くんが不在だったため、女三人からもみくちゃにされる僕を助けてくれる者は生徒会室にはだれもいなかった。まとめてのしかかられたせいで呼吸ができなくなって気が遠くなる。なんか『タイタニック』主題歌のイントロまで聞こえてきて、これひょっとして死ぬ前の幻聴じゃないの？

あまりにも意外な救い主は室外からの闖入者《ちんにゅうしゃ》だった。

なにか甲高い吠《ほ》え声がして、僕が女三人分の体重から必死に逃れながらそちらを見ると、両開きのドアの隙間から小さな白い影が生徒会室に転がり込んでくるところだった。

そのふわふわの白い毛の塊は、きゃんきゃんはしゃぎながらこちらに駆け寄ってくる。僕の腕の中でウサギがびくっと震え、足をつっぱって抜け出したかと思うとあっというまに部屋の反対側の応接セットの陰に隠れてしまった。

あっけにとられていた僕は、ああ、脱兎《だっと》の如《ごと》くってまさにこういうことなのか、なんて感想しか浮かばなかった。

我に返って身を起こす。小型の犬だ。絨毯《じゅうたん》の床をせわしなく円を描いて駆け回っている白い毛むくじゃらを見つめる。犬種にはそんなに詳しくないけど、たぶんスピッツかサモエド？　なんでこんなところに犬がいるんだ？

犬はしばらく旋回を続けてから応接セットへと猛突進した。ウサギが気づき、ソファの後ろから転げ出る。茶色と白の毛玉は応接セットのまわりをぐるぐる周回し始めた。犬は楽しそうに舌を出しているがウサギは必死の形相だ。

「……飼い犬……でしょうか。首輪ついてるみたいですけれど」

美園先輩が言って、そうっと近づく。

「ひかげ、猛獣！　ひかげが猛獣に襲われてる！」

キリカが僕の背中をばしばし叩きウサギを指さす。どこが猛獣なんだ。

「ふむ。最近敷地内で白い小型犬の目撃情報がいくつもあったけれど、この仔《こ》かな」

会長が言って犬に近寄ろうとする。犬も本物の猛獣の気配を察したのか足を速め、ウサギももちろんそれを振り切るためにさらにスピードを上げ、周回速度が倍になった。

「あっ、そういえば生徒会目安箱にそういう投稿が何度かありました」と美園先輩も言った。生徒会目安箱とは、忌憚《きたん》ない意見や要望を募るために生徒会の公式ウェブサイトに設置してある匿名投稿フォームだ。執行部書記が担当することになっているために今は僕の手を離れて美園先輩の管理下にある。

「迷い込んじゃったんですかね？　飼い主が捜してるかも」

僕は腰を落として応接セットに近寄り、犬に手招きしてみるが、ウサギを追いかけるのと会長を警戒するのとで忙しいらしく完全に無視された。

「迷い犬……生徒会探偵の新メニューに個別項目で加えるべきかも……」

キリカはさっそく商売っ気を発揮してなにかぶつぶつ言っている。

でも飼い主（？）はすぐに見つかってしまった。ドアの外の廊下が騒がしくなり、何人かの女子生徒の声が聞こえてきたのだ。

「こっち？」「鳴き声してたよ」「やば、生徒会室入っちゃったんじゃないの？」

それから男子生徒の声もする。

「しかたないでしょう、ぼくが引き取りにいってきますよ」

「ちょ、ちょっと石崎《いしざき》くん！」「まずいってば、そんないきなり！」

女子生徒たちの引き留める声とほとんど同時にドアが大きく開いた。入ってきたのは眼鏡をかけた男子生徒だ。ぴったりした髪と陶製の人形を思わせる端正な細面には、見憶えがあった。以前に生徒会探偵に持ち込まれたなにかの事件で逢《あ》ったような……。

「ああ、やはりここでしたか」

こちらを見たその男子生徒はそう言って大股で歩み寄ってきた。白い犬がウサギを追いかけ回すのをやめる。

「石崎、きみがこの子の飼い主なのかな？」

会長が訊《たず》ねたので僕の記憶がつながる。石崎。ぼんやり思い出した。僕がキリカの助手になってはじめての事件で、たしか関係者だった一人だ。この石崎涼介《りょうすけ》さんは、弦楽部の指揮者だったっけ。

「いや、飼い主ではないのですが」と石崎さんは言って、背後の両開きのドアをちらと振り返った。廊下からこっちをのぞいている何人かの女子生徒の姿がある。

「見つかっちゃった」「しょうがないね、もうだいぶ噂《うわさ》になってたし」

彼女たちはそんな言葉を交わしている。

「うちが合同練習場に使っている旧音楽科棟によく出没していたんですよ。ちょくちょく餌をやっていたらすっかり居着かれてしまいましてね。この首輪も、保健所に連れていかれないようにと合唱部の娘が買ってきてつけたもので、飼ってるわけではないです」

「それは……飼ってるも同然なのではないですか」

美園先輩が当たり前の指摘をするも、マエストロ石崎は顔色ひとつ変えない。背後の女の子たちは「そうだよね」「やっぱり」などと心配そうに言い合っている。彼女たちにも見憶えがある気がした。たしか合唱部員だ。

「飼ってはいません。このフリードリヒは誇り高い野良犬です。たまたま我々の手から頻繁に食事を受け取っているだけです」

「ちょっと石崎くん、勝手な名前つけないで。この子の名前はチョコちゃんなんだから」

合唱部員が口をとがらせる。早くも二重三重に面倒そうなにおいがしたが、ここにさらに面倒な乱入者が現れる。

「石崎！　フランソワは見つかったのっ？」

両開きの扉を勢いよく開いて生徒会室に踏み込んできたのは、派手にカールさせた貴族趣味な髪型の女子生徒だ。この人の顔も記憶にあった。たしかウインドオーケストラのコンサートミストレス、北沢絵里奈《きたざわえりな》さん。同じく春の事件の関係者だ。彼女はほんの一瞬だけ安堵《あんど》の表情になったけれど、すぐに眉をつり上げた。

「生徒会の人たちに見られてしまったじゃない！」

「生徒会室に逃げ込んだのだから当たり前でしょう。あと彼の名前はフランソワではなくフリードリヒだと何度も」

乱入者たちが言い合いをしている間も、犬はその足下をはしゃぎ回っている。

「絵里奈ちゃん、ごめん、私がフランソワを逃がしちゃって」

もう一人、おかっぱ頭の地味な感じの女子生徒が息せき切らせて生徒会室に駆け込んできた。こちらも春の事件でなんとなく見憶えがあるから、ウイオケの部員だろう。

「瑞希《みずき》もフランソワも悪くないわ。勝手に名前をつけたりいじり回したりしているこの人たちがいけないのよ」

「チョコちゃんだってば！　勝手に名前つけてるのはそっちでしょ！」と合唱部員。

「廉太郎っていう立派な名前があるの！」なんかさらにべつの連中まで部屋に乱入してきたんだけど？　たしかエンジェリックコラールとかいう歌唱系同好会の人たちだ。

「だ、だめだよみんな喧嘩しちゃ」

瑞希さんがうろたえて言う。足下の犬は静かになって神妙に座り込むが、人間たちの方はちっとも言い合いをやめようとしない。

最後の訪問者は、明るいベージュ色のジャケットにタイトスカートという姿の若い女性だった。音楽教師の春川《はるかわ》先生だ。これまた春の事件の関係者というか依頼人である。

「うちの部の子たちがこっそり犬を飼ってるって聞いて――あっ」

先生と白い犬の目が合った。楽団員たちは空を仰いだり顔を手で覆ったりした。


「……そう、やっぱりこっそり飼っていたの……」

事情を聞いた春川先生は、足下で丸くなっている白い犬を見下ろしてため息をついた。

大勢がいきなり押しかけてきて応接セットのソファにとても全員座りきれないため、先生と僕ら執行部以外はみんな立っている。キリカはひとり離れて会計デスクに腰を据え、おびえたウサギを抱えている。

「前からそういう話が職員室でも出てたの。ほんとうだとすると問題だ、って。もともと野良犬なんでしょう？　衛生面でも心配だし……」

「いやしかし先生待ってくださいフリードリヒは我々の」

「チョコちゃんと遊ぶの楽しみで合同練習やってるのに！」

「フランソワがいなくなったら石崎なんかと練習するのやめるわよ！」

「だから廉太郎だって言ってるのに！」

四方向から好き勝手に反駁《はんぱく》が飛んできて僕はもうわけがわからなくなる。合同練習ってなんだ？　こんなに仲が悪いのに合同？　そもそも春の事件ってどういう話だったっけ。こっそりソファから立ち上がり、副会長のデスクに行って引き出しから生徒会探偵の事件簿を取り出した。

僕がキリカの助手を始めてから立ち会った事件について、自分で詳細に記した記録だ。事件#1、二十二万円余剰事件と題されている。春川先生が、どこかの部費らしき二十二万円もの大金の入った封筒を生徒会に持ち込んだことから始まった奇妙な事件だ。話が広まるとすぐに、その金は我が部のものだと主張する連中が殺到した。みんな音楽系のクラブだった。弦楽部、ウインドオーケストラ、合唱部、そしてエンジェリックコラール。うん、だんだん思い出してきたぞ。四つの部とも仲が悪くて、とくに弦楽部とウインドオーケストラはもともとひとつの管弦楽団だったのが分裂しちゃったんだっけ。

そして事件は――詳しくは事件簿を読んでいただければわかるので割愛するが――不思議な形で決着した。十二月二十三日の祝日に行われるクリスマスコンサートで、ベートーヴェンの『第九』を演奏することになったのだ。大規模編成の管弦楽に加えて四人の独唱者と混声四部合唱が必要なこの曲は、事件に巻き込まれた四つのクラブすべての参加が求められるため、和解のためのかっこうのきっかけとなる。

しかし今あらためて彼らの様子を見ると、あっさり丸く収まりました、とはいかなかったようだ。

「いいですか春川先生」と合唱部員の女の子が言う。「見ての通り弦楽とウイオケはほんっとに仲悪くて、けんかしてないのは合わせ練習のときとチョコちゃんをいじってるときだけなんです！　チョコちゃんがいなくなったら第九どころじゃなくなります」

「フランソワをそんな庶民的な名前で呼ばないでくれる？　それに私たちだけのせいにしてるけど、あなたたち合唱部も深瀬《ふかせ》さんたちとずっといがみ合ってるじゃない」

深瀬、というのはどうやらエンジェリックコラールのソプラノの人らしい。エンジェリックコラールもまた、かつては合唱部などに在籍していたが歌唱レベルと自尊心とが高すぎたために追い出されてしまった連中の集まりだ。

「いがみ合ってません！」と深瀬さん。「レベルがちがいすぎて話がかみ合わないだけ、こっちはそれでも合わせる努力してるんだから！　あと廉太郎って呼んで！」

「先輩たちのそういう態度が嫌われるんですっ」「先輩たちは音楽科であたしたちは普通科とかばっかりなんだから差があるのはあたりまえでしょ！」「チョコちゃんです！」

合唱部員たちが口々に反撃する。春川先生は泣きそうだった。部員たちの中でひとりだけまともそうなウイオケの瑞希さんも、あわあわしているばかり。

しかし、白い犬が先生の膝の上にひらりと飛び乗ってキャンと一声鳴き、まわりを見回した。居並ぶ連中がたちまちそろって相好《そうごう》を崩す。

「フリードリヒ、騒がせてすみません。きみが悪いわけではないですよ」

「チョコちゃんごめんね」「早く練習場に帰ろうね」

「フランソワ、あなたは心配しなくていいの」

「廉太郎さんは保健所に引き渡したりしませんよ、安心して」

みんな寄ってきて犬をなでくり回すのを見て、会長は面白がってにまにま笑っているし、美園先輩と春川先生は困り顔を見合わせている。

「お願いします先生、職員室には内緒にしておいてくれませんか」

「ちゃんと面倒見るから！」

「なるべくあちこち走り回らないようにしますから」

生徒たちに詰め寄られて春川先生は「ええと、そう言われても……」と弱り果てる。

そこで北沢絵里奈さんがふと言った。

「そうだ、生徒会から働きかけてもらって特例で認めてもらいましょう」

「……ほう?」と会長は面白がっている表情を崩さない。なんか変な話になってきたぞ?

「そうだそうだ、生徒会はいつも謎の権力使って色んな無理を押し通してるじゃないですか、あたしたちのためにも使ってください!」と合唱が起きる。謎の権力といえばなんといっても美園先輩である。

「そんなに都合よく公権力をあてにされても困ります!」先輩はきつい口調で言う。「学校でペットを飼いたいだなんてそんな公私混同――」

その場の全員の視線が、キリカ――ではなく、彼女が胸に抱えているウサギに集中した。キリカはびくっとしてウサギをデスクの下に隠そうとした。

「生徒会だってウサギ飼ってるじゃないですか」

「謎の権力で認めさせてるんでしょ」

だれからともなく当然の指摘が飛ぶ。美園先輩はあたふたした。

「ひかげさんは特別ですから、総務執行部の一員のようなものです、私たちの癒やしですし心の支えですし」

「フリードリヒも我々の一員です」

「チョコちゃんの癒やしがないと合同練習なんてやってられません！」

「フランソワだって心の支えなの！」

「廉太郎だって言ってるでしょ！」

一斉砲火を食らってさしもの美園先輩もたじろぐ。とどめになったのは合唱部員の娘が放ったこの一言だった。

「生徒会の人たちだってあのウサギさんいなくなったら哀《かな》しいでしょ？　あたしたちにとってはチョコちゃんがそうなんです！」

美園先輩の目の色が変わる。

「……そうですか……つまりこの子もひかげさんということなんですねっ？」

先輩は春川先生の膝の上から白い犬を抱き上げてぎゅうっと胸に押しつけた。

「ああ、ひかげさん！　ひかげさんが増えたなんて、しあわせです！」

なぜそういうことになるのかさっぱりわからんが美園先輩は犬を抱きながらきっぱりと宣言した。

「わかりました、この私の謎の権力で白ひかげさんを飼うことを学園側に認めさせますから安心してこれからも愛《め》でてください」

「やったあ！　でも変な名前で呼ばないでください、チョコちゃんです」

「フリードリヒだと」「廉太郎！」「フランソワにきまって――」

話が決まった以上、どうでもいい不毛な言い争いをこの場でしてほしくなかったので、僕は楽団員みんなを廊下に追い出した。

＊

試験休み中も生徒会総務執行部は雑務に追われているので、僕は毎日学園内のあちこちに足を向けるのだけれど、注意して観察してみると、なるほど押し迫ったクリスマスの足音をそこかしこで聞くことができた。寮や部室棟のまわりの立木にはイルミネーションが施されているし、音楽系の部活は休み中なのをいいことに一日中パート練習している。パーティ企画の告知が校門前広場掲示板や学園ウェブサイトをにぎわせる。そして（気のせいかもしれないが）カップルが増えている。学園内のカフェ、図書室、遊歩道のベンチなどで睦《むつ》まじく語らう男女がやけに目につくようになる。

歩道のタイルに積もった枯れ葉を踏みながら、そういう季節なのだなあ、と思う。

これまでの僕にとってクリスマスなんてものは夕食にローストチキンとケーキが出てきて翌朝の枕元にプレゼントが置いてあるというだけのイベントだった。サンタクロースの正体が親だという事実もたしか小学校に入る前に知っていた。高校からはもうクリスマスプレゼントもなしでいいでしょう、と母に通告されて、ますますどうでもいい日になるはずだった。

でも今年は……ええと、朱鷺子さんと薫くんと一緒にランチ？　あれ、二十五日まで学園に残るってことはその予定もキャンセル？　いや昼飯ならべつにお相伴にあずかった後で僕だけ学園に戻ってくればいいだけか。美園先輩はなんか約束がどうとか言っていたけどあれは毎度の冗談だろうし。あとキリカは、ええとなんだっけ？　なんだかもうよくわからなくなってきたけれど、とにかくただでは済まなそうな予感がした。

悪くない不安感だ。人生、なにかある方がいい。

学園公認のイベントもたくさんあるので、生徒会室への届け出件数も大量だった。白樹台の常として、すさまじい額の金が動く。

「チケットが前売りで即日完売するイベントだってあるんですよ」

美園先輩が得意げに教えてくれる。

「一番人気は、なんといってもイヴに市民会館大ホールで催されるゴスペル部のクリスマスコンサートです。毎年転売屋が出るくらいなんですよ。今年も発売から十五分で完売だったそうです。もちろん転売は私たち生徒会がしっかり取り締まりますけれど！」

転売って。もういちいち驚くこともなくなってしまったが。あいかわらず高校生レベルとは思えない話ばかりだ。

「プログラムもサンプルをいただいています、見てくださいひかげさん、『天使にラブ・

ソングを…』1と2をほとんど全曲演《や》るんですって、私あの映画ほんとうに大好きで、『ヘイル・ホーリィ・クイーン』に『アイ・ウィル・フォロー・ヒム』、『オー・ハッピー・デイ』、最後はもちろん『ジョイフル・ジョイフル』、最高ですね！　ひかげさんと一緒に聴くのが今から楽しみです」

「……えっ？」

知らないゴスペルソングの曲名をずらずら並べられてあやうく聞き流すところだったが、一緒に聴く？

「そんな約束してましたっけ」

たちまち美園先輩は泣きそうな顔になる。

「……そんな、ひかげさん……忘れていたんですか？　してもいない約束を」

「二度同じボケをするのツッコミに困るんでやめてもらっていいですかね？」

先輩は咳払いでごまかした。

「でもひかげさん、チケット即日完売になるくらいの我が校のゴスペル部の合唱、聴いてみたくないですか？」

「いやそりゃまあ……興味はなくもないですが、完売なんでしょ？」

「大丈夫です！」

美園先輩はずんと胸を張った。ただでさえグレイトな胸がそれはそれはもうグレイテストに映える。

「この私の謎の権力を使ってなんとかしますから！」

「謎の権力って……。あ、舞台裏に入れてもらうとかですか」

「ひかげさんとの大切な一夜にそんな無粋なことはしません、きちんとS席を二つ確保してみせます！」

「だから完売でしょ、どうやって」

そこで横から会長がいきなり口を挟んでくる。

「ヒカゲ、きみはブラックカードというものを知っている？　最上位エグゼクティブ向けクレジットカードのことだ」

唐突の話題の切り替わりに僕は目をしばたたく。

「はあ。なんか聞いたことはありますけど」

「ブラックカードはコンシェルジュサービスがとても充実していて、電話一本でたいがいのものが入手できると言われている。さて、とある若い女性が経験した逸話を紹介しよう。彼女は大富豪の恋人といっしょにラスヴェガスに遊びにきていた。ホテルに着いたところで彼女は、前々から観たいと思っていたサーカス団の公演が明日開かれることを知る。チケットが毎回即完売する大人気公演だから前日ではとても無理だろうと思いつつ、恋人にねだってみると、『ＯＫハニーまかせておけよ』と彼は言ってブラックカードを取り出しコンシェルジュに電話をかけた。十五分後、二人分のチケットが手配できたという連絡があり、カップルは次の日に素晴らしい公演を心ゆくまで楽しんだ」

「はあ」今の僕と美園先輩に似た状況であることはわかったけれど、なんの話？

「終演後に二人が会場の外に出てみると、路傍でさめざめと泣いている母娘らしき二人の女性を見掛けた。娘の方が言う。『だってひどいよママ、せっかくチケットが取れたから、下着や靴下や歯磨き買うのも我慢して旅費貯めてヴェガスまで来たのに、前の日になっていきなりキャンセルなんて！　理由も教えてくれないし！』母親の方も涙ながらに娘をなぐさめる。『しかたないのよ、私たち貧しい人間にはそういう理不尽がよく降りかかるものなの、きっと謎の権力が働いたのよ』」

「わっ、私そんな非道なことしません！」美園先輩が真っ赤になって憤った。会長をひとにらみしてから僕に向き直る。「ほんとうですよ、ほんとにそんなことしませんから、かわいそうなだれかから謎の権力を使ってチケットを取り上げるなんて」

「え、ええ、もちろん先輩がそんなことするなんて思ってませんよ」

笑顔が苦笑にならないようにずいぶん気を遣ったが上手《うま》くいった自信はない。

「でも、あの、その、完売なわけですよね。そしたら素直にあきらめますよ、そんな無理しなくても」

「狐徹のばかっ」

美園先輩の怒りは会長に向けられた。

「せっかくひかげさんがその気になってくれていたのに！」

「ふうん？　じゃあ具体的にどういう手段でチケットを確保するつもりだったの？」

「うう、それは……業務上の秘密です！」

「ヒカゲにさえ知られなければ大丈夫だろう、あたしには見せてほしいな。ちょうど今あたしは学内カフェテリアのSランク定食の食事券を二枚持っているから、これを美園の謎の権力を駆使して、かつ人道的にあたしからせしめてみてほしい。もちろんヒカゲには見られないように会長室の中でね」

「お安いご用です！　この竹内《たけうち》美園のクリーンな謎の権力、とくとお見せします！」

クリーンで謎というのはちょっと意味がわからなかったけれど――まあ両立しないわけではないが――とにかく美園先輩は意気込んで会長の手をつかみ会長室の中へと消えていった。

待つこと十五分。

「ふう。謎の権力をすっかり堪能したよ。とてもクリーンで人道的だった」

顔をてかてかさせた法悦の表情の会長がまず出てくる。

「やりましたひかげさん、清廉潔白謎権力の勝利です！」

髪を乱れさせ頰を上気させネクタイを外しシャツの第三ボタンまではだけさせた美園先

輩が続いて出てきて余熱混じりの息とともに言う。なにやってたんだあんたら。

「これで私の謎の権力行使が真っ白だということ、わかってくれましたよねっ？」

「真っ白っていうかピンク色っていうか……」

「さあ、狐徹に身体を売ってまで手に入れたこの食事券、ひかげさんランチをごいっしょにどうですか！」身体売ったたって言っちゃったよおい。

「ランチはかまわないですけど、なんか本題からすっかり外れているような」

「はっ、そうでした！　な、なんだかよくわからないうちに変な方向に話をずらされた上に狐徹に身体をもてあそばれました！」

会長のせいか？　今のは流される方がおかしくない？　と思ったけれどこれ以上わけのわからない展開を続けられても困るので黙っておいた。

「そう、クリスマスに二人でどこへ行くかの話でしたね！」

二人でどこかに行くことは確定みたいな言い方されても困るんですが？

「二十四日のゴスペルコンサートがだめでしたら二十三日の『第九』はどうですか、あの白樹台フィルの！」

「そっちはチケットあるんですか？　やっぱり人気だって聞きましたけど」

「はい、即日完売です！　でも私の謎の権力で」

「だからだめですってば」

そこでついに美園先輩は逆ギレした。

「ひかげさん、文化祭のときにキリカさんが生徒会会計の力でむりやりゲットした来賓席で演劇部の超人気公演を楽しんだじゃないですかっ！　キリカさんの謎の権力はＯＫで私のはだめというのはどういうことですかっ」

「え……あ、ああ？」

僕は記憶を探った。そういえばそんなこともあった。あれはたしか、舞台での備品使用状況をチェックするとかいう強引な理由付けでキリカが来賓席を確保したのだった。

「あのう、いや、でもあれは来賓席ですし、すでにチケットを持っているだれかから強奪したわけではないので、だからあの、はい、だれかに迷惑をかけない形でなら、さっきも言いましたけど舞台袖に入れてもらうとかそういうのなら」

「せっかくクリスマスにひかげさんとデートなのに、そんな音響も悪くて座る場所もパイプ椅子なんてっ」

「僕はべつに気にしないですけど……」

先輩は目を潤ませた。

「私といっしょならどんなに貧しい環境でもしあわせということですか？　ああっ、ひかげさん！」

「だれがいつそんな話をした」

「私もひかげさんといっしょなら四畳半での貧乏生活も耐えられます！」

僕はそろそろこの話の暴走に耐えられなくなってきたんですが？

「あっ、でも子供が生まれたら四畳半は厳しいですねっ、そのときは落ち着ける新居を探さないとっ」

「新居は探さなくていいから落ち着いてくれませんかね……」

「そんなに演奏を聴きたいならね、練習を見にいけばいいんだよ」会長がまたも唐突に口を挟んでくる。「視察という名目でね。指揮者の真後ろの特等席で聴けるだろう」

「素晴らしいアイディアです、さすが狐徹！」先輩は声を弾ませた。

＊

オーケストラの練習というのは具体的にどんなふうにやっているのか、それまで僕はよく知らなかった。

どうやらベートーヴェンの交響曲第九番というやつはかなり大規模なオーケストラを必要とするらしく（というか僕はそれまで曲によって楽団の規模が変わるということ自体を知らなかった）、管弦楽団だけで百人、合唱隊も含めると二百人以上というとてつもない大所帯となる。

それだけの人数が毎日集まって練習しているのか、大変だなあ、なんて思っていたのは僕の見識不足で、ほとんどの時間はパート練習や個人練習に費やすのだという。だから美園先輩といっしょの視察も、学園のあちこちのスタジオや練習室を回ることになった。

「これはこれで新鮮でいいですねっ？」

先輩は嬉しそうだったが、僕にはさっぱりだった。メロディを主に担当しているヴァイオリンとかフルートとかオーボエならともかく、コントラバスとかトロンボーンなんて同じ音をずうっと鳴らし続けていたりするのだ。

「これだけ変化に乏しいと、曲のどのあたりを演奏しているのか見失ってしまったりしませんか」

コントラバスのパート練習を視察したとき、思わず訊いてみた。

「そんなひかげさん、みんな素人ではないんですから」と美園先輩。そりゃそうか、と僕が愚問を反省しかけたところで奏者の一人が照れくさそうに言う。

「いや、実際しょっちゅう見失いますよ」

他の全員もしみじみとうなずく。

「だから俺らコントラバスは他のパートからよく馬鹿にされるんだよなあ」

「コントラバスをこけにする定番ブラックジョークってのがあって、本一冊書けるくらいなんですよ」

僕と美園先輩は顔を見合わせるしかない。

「でも指揮者はそのへんもチェックしてるから」と彼らは続ける。

「そうそう。ちゃんと全体見えてる指揮者だと、なんていうか、こっちが曲を見失いそうになってる雰囲気を察して気合い入れてくるんですよ」

さらに理解しがたい証言だった。見失いそうになる雰囲気を察する？　どうやるの？しかも気合い入れるってなに？　指揮者って棒振って拍子をとる役目の人だよね？

「指揮者ってのは、まあレベルが高い人の話ですけど、ええとつまり、オーケストラ全体がひとつの楽器みたいなもので、それを演奏する人が指揮者ですよ」

「だからプライド高くて強引で目立ちたがりでえらそうなやつしかできない」

その言葉にコントラバスパートの生徒たちはみんなそろって笑う。

「石崎先輩のタクトまじ怖いもんな」

「音ちょっとでも外したらおまえらの目玉えぐり出すぞって感じで」

「でもあの人の耳半端なくね？　だれがミスったか完璧に聴き分けてんの。管楽器はさ、まだわかるんだよ。各声部一人ずつだし。でも俺ら弦は八人とか十人とかで同じパートを弾いてるわけじゃん？　なのにミスったのがだれかすぐ見抜くの。怖ぇよ、あれ」

「学生レベルじゃないよな。高校生で第九振れるのなんてあの人くらいだろうなあ」

「あれくらい頭おかしくないとオケまとめるなんて無理なんだよ」

「マエストロ石崎は練習のときからピリピリしてんもん。気が抜けないよ」

コントラバスの練習室を出た後で美園先輩が言った。

「あれは……ほめてる、んですよね？　石崎さんのこと」

「たぶん」と僕も自信なく答えた。「あの人たちは弦楽部だから石崎さんは身内だし、身内に対してあの評価は、うん、かなり高いっていうことじゃないですか」

身内ではない人々からの評価もすぐに聞くことができた。ウインドオーケストラの方の練習にお邪魔したときのことだ。

「ほんと石崎って何様なのって感じ。うちらと同学年なのに」

「マエストロとか自分で言ってて痛すぎでしょ」

あまりにも辛辣だった。いや、同感ではあるけれど……。

「石崎、全パート暗譜してんの。うちらがちょっとでもミスるとすぐにねちねち指摘してくるの、きもい」

「あいつさあ、演奏してるうちらのこと人間だと思ってないよね。ピアノの鍵盤の一個一個くらいに思ってんじゃないの」

「あ、わかるわかる。めっちゃ指摘してくるくせに、こっちを見もしないし」

「ていうかあいつ楽団員の名前憶えてないよね。パートでしか呼ばない」

「よく目ぇつぶって振ってるし。自分に酔ってんじゃねえっつうの」

「だいたい石崎ってさ、うちの音楽科のレベルじゃなくない？　白樹台って音楽科はそこまでレベル高くないじゃん、自分で言うのもなんだけど」

「だよねえ。もっと難関校行ってろっての」

「みんな、そういうの、言わない方がいいと思うよ……」

泣きそうな声で言うのは、見憶えのあるおかっぱ頭の女子生徒。たしか白い犬を探しに北沢さんを追いかけて生徒会室にやってきた人だ。瑞希さんといったっけ。

「石崎くんだって私たちのために言ってくれてるんだし……」

「瑞希、よくそんなこと言えるね」「あんたがいつもいちばんひどい言われようじゃん」

「そ、それは……私がいつまでたっても下手だから」

「あんた市民オーケストラからも専属ティンパニストになってくれって言われてるくらいじゃん、下手なわけないでしょ！」

「でも第二楽章はティンパニが主役だし、もっと私もがんばらないと」

「だからってあんな言い方あり得ないでしょ、その耳はなんのためについているんだとか向上心ないなら出ていけとか！」

「そこまで言うならプロでも連れてくればいいのにね！」

徹頭徹尾ズダボロの言われようだったけれど、僕はちょっと疑問に思って訊いてみた。

「ティンパニって、あの、太鼓ですよね？　太鼓が主役なんてあるんですか？」というか上手い下手なんてあるんですか？　とまで訊きそうになってしまう。音楽に関してはまったく無知なのだ。

「第九の第二楽章はね、ティンパニがめっちゃ活躍するからティンパニ協奏曲なんて呼ばれてるくらいなの」と他の女子部員が教えてくれる。「だから瑞希が目立ちまくりで、石崎の標的にされちゃってるわけ」

「ほんと陰険だよね」「あと第三楽章のホルンソロでもねちねち言ってきてさ……」

愚痴大会が始まってしまったので、僕と美園先輩は苦笑いを残して練習室を辞すしかなかった。

「管楽器の人たちには評判悪いみたいですね、石崎さん」と先輩はため息をつく。

「いがみ合ってたウイオケの人たちですからね……」

我が学園にはかつて白樹台フィルハーモニー管弦楽団というオーケストラがあったのだが、弦楽器パートと管楽器&打楽器パートが仲違《なかたが》いして分裂してしまったのだという。それが今の弦楽部とウインドオーケストラだ。今度の第九公演は両者の仲直りのきっかけ、ひいては管弦楽団再結成の糸口となるのではないか——と期待していたけれど、そうそう上手くは運ばないものだ。

器楽部門に比べて、合唱パートの視察はとても楽しかった。僕もよく知っているあの第九の合唱が聴けるのだ。練習なので、伴奏はピアノ。弾きながら練習を指導しているのはマエストロ石崎だった。

「ドッペルフーガの内声部側はもっとしめやかに、響きを内にこめて。《フロイデ》主題の方は二分音符に力点を置いて四分音符で軽く抜く。ではフーガの頭からもう一度」

弾き振り、というのだろうか、石崎先輩はピアノの鍵盤を軽やかに打ち鳴らしながらも、頻繁に片手を持ち上げて大げさなくらいのしぐさでリズムをとり、合唱隊に指示を送っていた。ピアノの音は全然欠けているように聞こえないんだけどいったいどうやっているんだろう？

最後まで通しで歌いきると、思わず僕も美園先輩も立ち上がって拍手してしまう。おまけに甲高いキャンキャンという吠え声が聞こえ、びっくりしてパイプ椅子の下を見ると例の白い犬が走り出してきて合唱隊の女の子たちの足にじゃれつく。

「石崎先輩ありがとうございます！」

「すっごく良い感じだった！」

「第九なんて演ったことないし直接教えてくれるの助かります」

女の子たちが目を輝かせて口々に言う。

「チョコちゃんも喜んでる！」

「この子、第九のときはちゃんと曲が終わってからはしゃぐんだよね」

「第九好きなのかも」

「うちらが上達して犬にも良さがわかるようになったってことじゃないの」

「あははは」

マエストロ石崎は眼鏡をくいと中指で押し上げて冷静な口調で言う。

「まだまだみなさんは伸びますよ。ぼくはこの程度で満足しません。そうだ竹内さん、ちょうどよかった。せっかくだからみんなにドイツ語の発音を指導してやってくれませんか。やはりネイティヴの人にみてもらった方が」

「え？　……ええ、私なんかでよければ」

そういえば美園先輩は母親がオーストリア人なので流暢《りゅうちょう》なドイツ語を話すのだった。白い犬を抱き上げてなでくり回しながらもドイツ語の発音指導を始める。

休憩時間には合唱隊の娘たちの間でこんなひそひそ声の会話も交わされていた。

「竹内先輩にも練習つきあってもらえるなんて最高だよね」

「石崎先輩ほんと気が利くよね」

「指揮もわかりやすいし」

「よく見るとけっこうかっこいいし」

「チョコちゃんと遊んでるときとか可愛いし」

「マエストロとか自分で言っちゃうところも可愛《かわい》いし」

なんか器楽の方の人たちとちがってこっち側は雰囲気がすごくいい。石崎先輩も好かれているようだし、この雰囲気がオーケストラ全体に広がっていけば、コンサートも成功するしフィルハーモニー再建も夢ではないかも……？

とか思っていたら、休憩が終わってさあ練習を再開しようかというときになって練習室に乱入してきた者があった。

「ちょっと、石崎くん！」「俺らをほっとくなよ！」

怒鳴り込んできたのは男女のペア。たしか第九公演の独唱者四人のうち、ソプラノとテノールの人だったか。

「合唱なんてほっといてもてきとうに練習するだろ」「そうよ、それよりも第九の華は私たちソロなんだから、こっちの練習を見てくれなきゃ！」

「第九の華は合唱でしょっ！」たちまち反論の声があがる。

「だいたい先輩たちソロの人も全合唱のところではうちらと一緒に歌うじゃないですか、だったらこっちの練習にも参加してください！」

「一緒に練習なんてお互いのためにならないでしょ、レベルがちがいすぎて」

「そういうことばっかり言ってるから先輩たちは合唱部からも追い出されていつまでたっても同好会のままなんですよっ」

「なにをっ」

口喧嘩が始まりそうなところを美園先輩が必死に止め、マエストロ石崎がやれやれと首を振ってひとまず仲裁した。

「これからソリストの方の練習に行きますよ。合唱は今日のところはこれで。また明日来ます」

＊

「前途多難だね、それは」

翌日、会長に報告すると、面白がられてしまった。

「笑いごとじゃないですよ。もう本番まで一ヵ月ないんですよ、チケット完売してて みんなの期待のコンサートだっていうのに」と僕は口を尖《とが》らせる。

「逆に考えてみるといい。それだけ反目し合っている四団体が、しかし苦楽をともにして練習に励み、共演しようとしているんだよ。それだけ第九を演れる機会というのは魅力的なのだろう。音楽の力は大したものじゃないか」

「それはまあ……そう言われてみれば」

「そんなに悪い材料ばかりでもないですよ」と隣で美園先輩が言う。「白ひかげさんはあいかわらず楽団じゅうからかわいがられているし」

「その呼び方ほんともうわけわからなくなるからやめてくれませんかね……」

「それに、石崎さんは、少なくとも指揮者としての器は全員から認められているみたいですし。リーダーはこの人だ、ってしっかり決まっているならきっと大丈夫ですよ」

「ううん……たしかに、そう、ですかね……」

先輩の言葉に納得しかけた僕だが、その日の午後には早くも楽観が崩れ去ることになった。ちょうど、当の石崎先輩が生徒会室に来ていたときのことだ。

「では、これで生徒会公認イベントにしてもらえるということですね」

必要書類を美園先輩に提出した石崎先輩がそう念押しする。

「はい、間違いなく」と美園先輩は書類をチェックしてうなずく。「会場の市民会館の方にも、この書類は私たちの方から送っておきますね」

「助かります。公認をとるのはひどく手間がかかりますね」

「でも、もうとっくにチケット完売している人気公演ですよね。こんなに面倒な手続きを踏んでまで生徒会の公認をとらなくてもよかったように思いますけど」

「音大への推薦のための実績になるんです」石崎先輩は言った。「白樹台生徒会の興業センスの高さは音大関係者にも知られていますからね。いち楽団を率いて第九公演をプロデュースしきったというのは、たとえ高校生オーケストラであっても、ぼくの音楽家キャリアの第一歩としては胸を張れるものになります」

「そうなんですか。ささやかながら生徒会が力添えできるんですね、嬉しいです」

美園先輩が笑って、書面に判子を捺《お》そうとしたときだった。

「待ちなさい石崎！」

両開きの扉を勢いよく開いて生徒会室に踏み込んできたのは、ウイオケのコンサートミストレスである北沢絵里奈さんだ。

「この私、全日本高校音楽コンクールオーボエ部門二連覇の北沢絵里奈を差し置いて、勝手に公認申請を出すなんて認めないわよ！」

その無駄に親切な自己紹介、前にも聞いたんですけど定期的に言い張るんですかね？

石崎先輩は北沢さんをにらみ、不快感もあらわに眉根を寄せた。

「勝手に、とはなんですか。生徒会公認にしてもらうのはオーケストラ全員の同意を得ているはずですが」

「申請には同意しているわよ、でも勝手に代表者づらしないで！」

北沢さんは美園先輩の手から申請書をむしりとって代表者名のところを指さす。石崎涼介、と署名してある。

「ぼくが指揮者なのだから代表者なのは当然でしょう」

「当然じゃないわよ。オーケストラの代表はコンサートミストレスよ！　指揮者はしょせん楽団の外側の人間でしょう」

そういうもんなのか。スポーツチームでいえば監督とキャプテンどちらが代表者なのかみたいな話か？　正直どっちでもいい気がするけど。

美園先輩も僕と同じ思いだったのか、苦笑いしながら言った。

「代表者といっても、なにかあったときに最初に連絡する人というだけですし、そんなにこだわるようなことでも」

「こだわるわよ！　書面の上だけであれ石崎が私の上に立つなんて許せない！」

すっげーどうでもいい……。

これ以上くだらない理由でもめるなら公認取り消しにしちゃえばいいのでは、という荒っぽい考えが浮かんできたとき、扉が開いてもう一人が生徒会室に駆け込んできた。

「絵里奈ちゃん、こんなとこでけんかしちゃだめだってば！」

ティンパニ奏者の瑞希さんだった。書記デスクに駆け寄ってくると北沢さんとマエストロ石崎の間に割って入る。

「生徒会の人たちにも迷惑だし」それから瑞希さんは僕らに何度も頭を下げる。「すみませんほんとに、お騒がせして」

「けんかじゃないわよ。我が部の名誉のためよ」と北沢さんが唇を尖らせる。「だいたい瑞希、教えてくれたのはあなたじゃない。石崎が勝手に申請書出そうとしてるって」

瑞希さんはしょんぼりと肩を落とした。

「それはべつにけんかをしろって意味じゃなくて……石崎くんがやってくれたよって教え

ただけで……」

「私がやるわよ！　代表者・北沢絵里奈で！」

「少なくとも我が弦楽部は北沢くんが代表者だと認めませんが」

「こっちだって石崎が代表だなんてっ」

「ああ、もうっ」二人の不毛な言い合いに瑞希さんがついに切れた。「二人の名前をどっちも書いておけばいいでしょう？」

瑞希さんは北沢さんの握っていた申請書を奪うと、代表者名欄に『北沢絵里奈』を書き加え、電話番号も石崎先輩のものの下にもうひとつ走り書きした。記入欄がひどく狭苦しくなる。

「これでいいですよねっ？」

瑞希さんに切実そうな目で言われた美園先輩は、気圧《けお》されてうなずく。

「……え、ええ。これでもとくに問題ありません」

そうとでも答えなければマエストロとコンミスの噛みつき合いがいつまでも続いただろうから英断だった。

「いいわ、そのへんで妥協してあげる。あと石崎くん、他にも言いたいことがたくさんあるわ、無断でパート練習に顔を出さないで、全体バランスが崩れるって何度も言っているでしょう！」

「合唱指揮者がいない現状ではぼくが担当するのが当然――」

二人は口やかましく言い合いながら生徒会室を出ていった。最後に瑞希さんが僕らに向かってぺこぺこ頭を下げて廊下に消える。僕と美園先輩は不安でいっぱいの顔を見合わせる。会長は自分のデスクの椅子にだらしなく身を沈めて肩を揺らしていた。

「石崎のリーダーシップにも暗雲、だね」

笑いごとじゃねえ。

*

第九コンサートに関してのもめごとはキリカの耳にも届いていたらしく（会計室にこもりきりとはいえドア一枚隔てたところであれだけ何度も騒いでいたのだから当たり前なのだけれど）、彼女からもその話をされた。

「ちゃんと開催できるの？　内部分裂で演奏会が中止になったりしない？」

「さすがにそんなことにはならないと思うけど……なんでキリカがそこまで心配するの」

「心配するのは当たり前でしょ。生徒会公認イベントということは生徒会の収支に含まれるということ。なにかあったらわたしの帳簿に傷がつく」

そう言ってキリカはむくれる。なるほど、市民会館大ホールを満杯にするほどのビッグイベントが中止になれば大損害だし、それは計算上は生徒会の損害になるのだ。金にうるさい生徒会会計が気をもむのは当然だった。

「だから今日からはわたしがひかげと一緒に視察にいく」

「え？　いやべつにそんなことしなくても。視察って、ただ練習を見学してただけだし、なにか意味があるとも思えなかったし」

「それはひかげと美園が甘いから。わたしなら、つまり……雰囲気をぴりっとさせて、うかつな内紛なんてしてる場合じゃないってみんなに思い知らせることができるから」

なんじゃそりゃ。たしかに普段表に出ない生徒会会計がわざわざ出張ってきたらただごとではないって空気になるだろうし、キリカはいつも不機嫌そうに見えるから周囲は無駄に緊張するだろうけど。

「じゃあ、まあ、どうしてもいきたいっていうならキリカひとりでいったら」

「それじゃ意味ないでしょっ」

「なんで？　美園先輩といっしょにってこと？」

「どうして美園なの」とキリカはますます機嫌を悪くする。「ひかげがいっしょにいくのにきまってるでしょ」

「なんで？」

「それは、ええと、その」キリカはじりじりと両手をこすりあわせる。「第九コンサートはひかげが仕掛けた詐欺で実現したものでしょ。だからひかげが責任者」

なにその理屈？　いま考えたよね？　まあいいけどさ。

ということでその日からはキリカといっしょに各パート練習を見て回ることになった。美園先輩が同行していたときにはどこでも歓迎ムードだったけれど、キリカが姿を現すととたんに空気が固くなった。といっても、彼女自身が言っていたようなぴりっとするとか緊張感が出るとかそういう雰囲気ではない。どちらかというと、街中でいきなり珍しい動物に出くわした、みたいな驚きの表情で迎えられる。

「……会計さん？」「すごーい、外に出ることもあるんだ」

最近けっこう外出するんだけどね、と僕は口に出さずに指摘した。部屋に引きこもって学園のすべての資産を意のままに動かす生徒会会計——という都市伝説的なイメージは、たったの半年で払拭できるものでもないらしい。

「副会長さん、どうやって外に連れ出したんだろ」

「ほら、ウサギ飼ってるから、ウサギに言うことを聞かせるのは得意なんだよきっと」

「そっかあ納得」

納得じゃねえよ。色んな方面に失礼な噂を流すのはやめてくれ。キリカもにらんでくるし。僕が言ってるんじゃないよ？

「そんなことより、犬はどこにいるの」とキリカはむくれて言う。「わたしたちは視察にきたの。犬をちゃんと管理できてるかどうかもチェック項目。しっかりもふもふ——じゃなかった、飼育状況を確認したい」

ああ、こいつ犬を愛でにきただけだったのか。

「チョコちゃん？　ええと、どこだっけ」

「今日はうちらのところにいるはずだけど」

合唱部のみなさんは練習室のあちこちを捜し回るが、あの小さな白い毛玉はどこかに潜り込んでしまったらしく見つからない。

「一回歌い終われば出てくるよ」「そうだね」「第九好きだもんね、チョコちゃん」

そう言って録音のピアノ伴奏を再生する。

第九の合唱を最後まで歌いきると、伴奏がまだ最後のクライマックスを高らかに鳴らしているときに、ロッカーの陰からきゃんきゃんきゃんという高い吠え声とともに白い小さなものが走り出てきた。

「ほらやっぱり！」と女子部員の一人が犬を抱き上げる。ふさふさの尻尾を振り回しながら鼻面をブレザーの胸に押しつけている。

「すっかり合唱好きになっちゃったね」

「いつも聞かせてるからなあ」

「でも器楽の方を聞いててもとくに喜ばないんだってよ」

「やっぱり人の声が好きなんじゃないの」

合唱隊全員からよってたかってこねくり回される犬は、まんざらでもなさそうだった。

ふと隣を見るとキリカも両手の指をわきわきさせている。

「あ、会計さんも抱っこしますか？」と女子部員に気づかれる。キリカははっと気づいて自分の手を背中側に隠すが、気まずそうに顔をそむけながらも言う。

「……する。……その、体格から栄養状態を確認しないと」

「素直に触りたいって言えばいいのに」と僕が言うときつくにらまれる。

「遊びにきたんじゃないの！　生徒会の仕事！」と言いつつもキリカは白い犬を手渡されると胸に押しつけるように抱きしめて愛《いと》おしそうにふさふさの毛に指をくぐらせる。

「合唱部でこいつの世話してるんですか」と僕は訊ねた。

「いえ、弦楽とかウイオケとかと持ち回りです」と男子部員の一人が答える。「みんな世話したがるから」

「そのせいで自分の名前ちっとも憶えてくれない」女子たちも不満そうにうなずき合う。

「チョコちゃんがいちばん似合ってるのに」

「ほんと、変な名前つけないでほしいよね」

ううむ、犬がみんなを和ませて潤滑油の役目を果たしてくれる——というのもどうやら楽観的すぎたようだ。せめて同じ名前で呼んでくれればいいのに。白ひかげは論外ですけ

れど。

「いつまでも四つの部が共同で飼うなんて無理があるでしょ」とキリカ。「それとも第九コンサートが終わってからもひとつの楽団として活動するつもりなの？」

「そんなわけないでしょ！」「絶対あり得ない！」

即座にほうぼうから否定の声が飛んでくる。

「オケの人たちとは演ってる音楽ぜんぜんちがうし」

「エンジェリックコラールの先輩たちとまたいっしょになるなんて絶対いやだし！」

「じゃあ第九が終わった後、この仔はどうするつもりなの」

キリカが質《ただ》すとみんな困惑して顔を見合わせる。

「……それは……」

「ええと……」

「たぶん、だれか飼える人の家に引き取ってもらって……」

なんて無計画な、と責める資格は僕らにはなかった。ウサギに関してまったく同じ問題を抱えているからだ。

「ウイオケの北沢先輩とか、家が金持ちで犬飼う余裕もいくらでもあるから引き取るって言ってるらしいけど」

「えええー、あの人のとこに行っちゃったらもう逢いにいけないいじゃん」

「たまにはうちらも遊びたいよね」

「……ウイオケの人とも、そりが合わないんですか」僕はそうっと訊いてみる。「エンジエリックコラールとは、その、色々あったみたいですけど。オーケストラとは仲が悪いわけじゃない――のでは」

女子部員たちは顔を見合わせる。

「ううん、仲が悪いっていうか」

「北沢先輩がね、なんかうちらにつっかかってくるの」

「弦楽の人たちは全然やさしいのにね」

「石崎先輩も家が大金持ちらしいから、そっちでチョコちゃん引き取ってくれれば遠慮なく遊びにいけるのにね」

僕は苦笑するしかなかった。

「そ、そうですか。でも、コンサート楽しみにしてるお客さんが大勢いるし、内輪もめとかはないですよね？　大丈夫ですよね？」

気詰まりな沈黙があった。なにかを言おうかどうか迷っているらしき目配せが合唱部員たちの間で交わされているのがわかった。

「……なにかあったの」

キリカが犬をきつく胸に押しつけて訊ねる。白い毛のかたまりはちょっと苦しげに身をよじらせている。

「……ええ、まあ」

「なにかあったっていうか」

「そんなに大したことじゃ……」

「なにかあったなら報告して。生徒会公認イベントなのだから」

キリカの声は硬くなる。女子部員の一人が、ふうっと息をついて話し始めた。

「……うちらの楽譜が、なくなったんです。全員分」

僕はパイプ椅子から腰を浮かせた。楽譜がなくなった？

「第九のコーラス譜です。みんなまとめて部室のロッカーにしまってあるんですけど、ええと、一昨日《おととい》ですね、全部なくなってて」

状況を詳しく教えて、とキリカはさらに冷え冷えとした声で言った。合唱部員たちは要領を得ない感じでそれぞれ語り出す。

「……お昼前に部室にみんな集まって」

「うん、そのときはぜったいあった」

「その後、ほら、外でチョコちゃんの鳴き声がしたから」

「そうそう、みんなで捜しにいって」

「最近あんまりうちらのとこに来てくれなかったからしばらくみんなで遊んで」

　そして部室に戻ってきてさあパート練習を始めようかとロッカーを開いたところ、楽譜がごっそりなくなっていたというわけなのだ。犯行のチャンスは、多めに見積もっても三十分といったところ。

「その間、部室にはだれでも入れた？　ドアにもロッカーにも施錠していなかった？」

　キリカの質問に、合唱部員たちは曖昧にうなずいた。

「あ、でも、楽譜自体は音楽科の倉庫にまだいっぱいあったんで、春川先生に出してきてもらいました。大丈夫です」

「使い古しのぼろっちいやつだったけど」

「書き込みいっぱいしてあってね」

「でもあの書き込みけっこう助からない？」

「そうそう、たぶん音楽科で使ってた人が注意点書いたんだと思うけど的確だしわかりやすいし」

「だから、その、問題はないんです」と最初に話し始めた娘が話題を戻す。「なくなった日はちょっと練習どころじゃなかったけど、その後はちゃんとできてるし。ただ、あんなに大量の楽譜がどこに消えちゃったのかな、って」

「そう、気味が悪いよね」

「あんなの盗《と》ったってなんにもならないのに」

「だれかの嫌がらせなのかな」

嫌がらせ――という言葉に、練習室の空気がしんと冷えた。

キリカの腕から抜け出した犬が床に軽やかに着地すると、無邪気そうに合唱部員たちの足の間を走り回った。


次に訪問したエンジェリックコラールのみなさんのところでも同じ話が出た。

「楽譜、昨日なくなっちゃってて」

ソプラノの深瀬さんがいらだたしげに言う。

「代わりはあったから練習に支障は出なかったんだけど。でも前にだれかが使ってたような書き込みだらけのお古の楽譜で、なんだか気持ち悪い」

「私も深瀬も鞄《かばん》の中に入れてあったのに、両方消えてたんだから」とアルトの女子生徒が横から言う。「昨日の全体練習のとき、だれかがパクったの、ぜったい。合唱部のやつらの嫌がらせだと思う」

「いやそんな、決めつけなくても」と僕は口を挟んだ。

「二人のがいっぺんに消えたんだから盗まれたにきまってるでしょ！」

ソプラノとアルトの二重唱でわめかれたので僕は首をすくめた。

「どっかに置き忘れたんじゃないかと思うんだけどな……」とテノールの男子生徒が控えめにつぶやき、深瀬さんににらまれた。

「俺らのはちゃんと鞄にあったし。ほんとに心当たり全部探したのか」とバリトンの男子生徒が言って、同じく深瀬さんににらまれた。

「どうして鞄にしまっていたの。練習中に楽譜は使わないの」

キリカが冷静に訊ねた。

「本番では楽譜なんて持たないでしょ。だから私たちは普段の練習から暗譜でやっているの。合唱部の人たちは正直レベルが低いからいつも楽譜にかじりつきだけど、私たちはそういうまねはしないんだから」とソプラノ深瀬さん。

「それ、まさか合唱部の人たちには言ってないですよね……」

そういう発言がこれまで軋轢《あつれき》を生んできたんですよ？

「言ってないわよ。それくらいは気を遣うわ」

深瀬さんの答えに僕は胸をなでおろすが、彼女はすぐにこう付け加えた。

「あ、でもオーケストラの人たちには言ったことがあるわ」

「なんでっ？」

「だってあの人たち本番中でも楽譜ありじゃない。それってどうなの？　私たちの楽譜はいつも鞄の中よ、石崎くんだって暗譜で振ってるじゃない、譜面台にかじりつきのあなたたちは恥ずかしくないの？　って」

もうあきれてものも言えなかった。なぜこの人たちが合唱部から追い出されたのかよくわかる。嫌がらせで楽譜を盗まれた線も濃厚かもしれない……。

キリカはやれやれと言いたげに頭を振ってから、話を戻した。

「それで、その全体練習というのはどこでやっていたの」

「芸能科の大ロビーだよ」とテノールの人が答える。「ほら、半円形の劇場みたいになってるとこ、あるだろ」

「あれ？　練習スタジオとか使わないんですか」僕は思わず訊いた。

「しょうがないじゃない」深瀬さんは肩をすくめた。「フルオーケストラにプラスしてソロ四人とコーラス百人近くが入る練習場なんてそうそうないんだから」

「あれほんと最悪の場所だった」とアルトの人も唇をひん曲げて言う。「狭いし寒いし」

「楽譜を入れた鞄は練習中どこに置いていたの」

キリカの口調はすっかり探偵のそれに変わっている。他の人ならそんな細かい差異には気づかないだろうけれど、もう何ヵ月も助手として彼女を隣で見てきた僕には、会計モードと探偵モードの微妙なちがいがわかるのだ。

「ロビーにいちばん近い教室を荷物置き場にしておいたの」と深瀬さん。「全員の鞄とか楽器ケースとかまとめてそこに置いてあったの。だから練習中でも抜け出して教室に行けば盗れたわけ、ほら、コーラスなんて一人二人いなくなってても気づかないでしょ？　だからぜったい合唱部員が犯人！」

むちゃくちゃな理屈である。だいたい合唱部員はあんたらの楽譜が鞄にしまってあるって知らないんだろ？　さっき自分で言ってたじゃないか。

しかし、キリカはなにか考えごとをしている。まさか深瀬さんたちの勘繰りを真に受けたわけでもあるまいに。

ともあれ、楽譜が消えたのは事実なのだ。合唱部とエンジェリックコラール両方で同じ事件が起きている。

「弦楽部とウイオケにも確認してみる必要がある」

生徒会室への帰り道、キリカが僕の隣を歩きながらぼそりとつぶやいた。僕はうなずく。できればなにかの間違いであってほしかった。みんなが楽しみにしている演奏会だ。よくわからない悪意が介在しているなんて考えたくもなかった。

けれど、確認するまでもなかった。生徒会室に戻ってみると、春川先生が来ていたのだ。留守番の美園先輩となにか深刻そうな顔で話し込んでいて、僕とキリカが入っていくと顔をこちらに向け、わずかに表情をゆるめた。

「聖橋《ひじりばし》さん、よかった。いま竹内さんと話していたところなんですけど」

先生はそう言ってこちらに歩み寄ってくる。

「頼みたいことがあるの。……その、……《探偵》の方の聖橋さんに」

キリカはその言葉にぴくっと反応し、硬い表情でうなずき、会計室のドアを指さした。

僕が先立ってドアを開き、まず先生を中に招き入れる。あいかわらずPCのモニタからあふれる光しか照明のない薄暗い部屋の中は、三人も入れば身体の向きも変えづらくなるくらいの狭さだ。客にすすめる椅子もない。これって探偵が接客する場所としてどうなんだろう、と奇妙な心配をしてしまう。

「……その、第九の件なの。オーケストラでちょっと変なことが続けて起きてて」

「楽譜がなくなったこと?」

春川先生は目を見張ったが、すぐに肩を落としてふうと細く息をついた。

「……知ってたの。そういえば視察をしてるって言ってたっけ」

キリカは小さくうなずいた。

「合唱隊とソリストの人たちから、その話を聞いた」

「ええ。楽譜がなくなったから追加を出してくれないかって言われて、最初はそんなにまとめて紛失するなんて変だな、くらいにしか思わなかったんだけど……合唱部だけじゃなくて、次の日にはエンジェリックコラールの子たちが来て、今日はウイオケの子たちも同じこと言ってきて」

「え、ウイオケもですか？」

僕は思わず口を挟み、キリカの顔をうかがった。彼女は一度腰を落ち着けた椅子から立ち上がり、首に巻いた二つつなぎの腕章の下に指を差し込む。

斜め下に弾《はじ》くように振り下ろされた手の勢いで、腕章の首輪はふわりと浮き上がって半回転し、《探偵》の側を依頼人に向けた。

「詳しく話して」と生徒会探偵はつぶやいた。

4

翌日、ウインドオーケストラに赴いて聞き取り調査を行った。

「はい。昨日ごっそりなくなってました」

「パート譜は楽器ケースの中にしまっておいたのに、それが全員分！」

クラリネットの娘たちが憤って言う。

「いや、俺のはなくなってなかったよ」「うん。俺のも」

トロンボーン担当の男子たちが口を挟む。

「あんたらのはケースがでかくて開けづらかったから盗まれなかったんじゃないの」

「ていうか盗《と》ったのあんたらじゃない？」

「そうだよ、外のだれかが盗れるわけないし、こんなの」

「なんで俺らがそんなことしなきゃいけないんだよ……」「自分以外のパート譜なんて盗んでなんの役に立つんだ……」

反論も小声だった。ウイオケでは男子部員は少数派なせいか女子たちに囲まれて立場が弱そうだ。

「予断は厳禁」

我らが生徒会探偵は険悪な雰囲気を冷然と遮る。

「事実だけ報告してくれればいい。楽譜がなくなっていたのはどのパート？」

「ええと。……トロンボーン以外全員です」と話をまとめてくれたのはティンパニストの瑞希《みずき》さん。この人がいてくれると騒ぎが拡大しないのでありがたい。ついでをいえば、コンサートミストレス北沢絵里奈《きたざわえりな》嬢がこの場にいないのもありがたい。居あわせたらぜったいにわめき散らしていただろう。弦楽部のしわざだとか全部石崎《いしざき》が悪いとか。

「楽譜が消えたと思われる時間帯は？　最後に見かけたのと、なくなっているのを最初に発見したのはそれぞれいつなの」

　ウイオケの女子部員たちは顔を見合わせた。

「……みんなでお昼を食べにいってる間かなあ」

「たぶんね。ご飯の前はみんな練習してたから楽譜使ってたし」

「昼食に出かけている間、部室に鍵はかけていなかった？」

　キリカの質問に、ウイオケ部員たちは曖昧にうなずいた。防犯意識が低い、なんて責めるわけにもいかないだろう。連れ立ってちょっと学食にいくだけの間にわざわざ部室を施錠する几帳面《きちょうめん》な人なんてまずいないだろう。

「それで、練習はできなくなっちゃったんですか」と僕は横から訊《たず》ねた。

「いえ、パート譜は音楽科にいっぱいあるので」と瑞希さん。

「でも書き込みだらけの使い古しでなんかちょっと腹立つよね」

「だよね。たまたまうちのやろうとしてる感じと近い解釈だからいいけどさ、そうじゃなかったら邪魔でしょうがなかったよ」

「ほんと、だれが盗ったんだろ。ほんと腹立つ」

その先は感情的な言葉ばかりになる。キリカはいらだたしげに彼女たちの愚痴り合いを遮って言った。

「新しく支給されたというそのパート譜、全部見せて」

「……全部？」

ウイオケ部員たちは目を見張ったが、生徒会探偵の目つきが有無を言わさぬ真剣さだったので、黙って言う通りにおのおの楽器ケースを開いて楽譜を出してくる。キリカはその一冊一冊に目を通し、さらには譜面をスマホで撮影までした。そんなに重要な証拠品なのだろうか、と僕は訝《いぶか》しく思う。

「それからもうひとつ。一昨日《おととい》、芸能科ロビーで全体練習をやったと聞いたけれど」

キリカが話を切り出すと、ウイオケ部員たちは寒さを思い出したのかぶるっと肩をふるわせて首をすくめた。

「ああ、うん」「エンジェコの楽譜もなくなったって話ですよね？」

「知ってたんですか、それ」と僕は口を挟む。

「練習終わってすぐにソプラノの深瀬《ふかせ》さんが大騒ぎしてたんで」

そりゃそうか。あの人なら声楽で鍛えた大ボリュームでわめき散らすだろうな。

「独唱パート譜は、荷物置き場にしていた教室に置いてあったのがなくなったそうなの。演奏中になくなった可能性が濃い。演奏中にだれか教室に行かなかった？」

部員たちの間でもぞもぞと目配せが行き交う。だれもが最初に口を開くのをいやがっているのが空気でわかった。ようやく女子部員の一人が言う。

「……それってあたしらが盗ったんじゃないかって疑ってるってこと？」

「そう」

まったく声の調子を変えずに即答するのだから質問した方がたじろいでしまう。

「うちらがそんなことするわけ――」

「するわけないかどうか判断するのはわたし。あなたたちはただ事実を報告して」

キリカの声はいらだたしげに尖《とが》っている。

「あ、あの、ほら」僕はあわてて横から言った。「一応は全部の可能性を考えてみなきゃいけないわけで、疑っているとかいうのはちょっとちがうっていうか、その、可能性の話ですから、それになにが手がかりになるかわからないわけだし、気づいたことがあったらなんでも話してほしいなって」

コミュニケーション能力に欠ける探偵のフォローのため、助手たる僕は必死だった。

「いくら練習だからって、演奏中に抜け出したらまわりが気づくでしょうに」とクラリネットを持った女子部員があきれて言う。

ところがそこでトロンボーンの男子部員がふと言った。

「あ、いや、ブラバンのやつらは途中まで教室ん中で待ってたよ」

「え、ブラスバンドの人も参加してるんですか？」

「打楽器だけな」と彼は不満そうに言う。「第九って、第四楽章にだけトライアングルとシンバルと大太鼓を使うんだ。うちは打楽器担当はティンパニの瑞希しかいなくて手が足りないから、ブラバンに助っ人頼んだんだよ。ほんとにちょびっとの出番だし、ヘルプで来てもらってるから練習最初から最後まで付き合えとも言えなくてさ。出番まで教室の中で待っててていいよって話になって。ロビーはくそ寒かったし」

それを横で聞いていた女子部員たちが眉をひそめる。

「え、じゃあブラバンの人たちが楽譜盗ったってこと？」「なんでぇ？」「そんなことする意味ないじゃん」「出番少なすぎてキレていやがらせとか？」「そんなら参加しなきゃいいのに」

「予断は厳禁、と言ったはず」

キリカがぴしゃりと騒ぎを断ち切った。再び気詰まりな沈黙が訪れる。

「その人たちは今どこにいるの」

さいわい、すぐ外の廊下で練習している最中だったのを、瑞希さんが呼んできてくれた。三人とも女子で、弦楽部やウイオケの連中——全員音楽科生でガチで音楽をやっているやつら——とは雰囲気があきらかにちがっていた。なんというか、普通の高校生という感じなのだ。

「昨日の全体練習？　うんそう、行進曲のとこが始まるまで教室にいたよ」

「あのホールみたいなとこ、めっちゃ寒いし」

「うちらの出番なんて途中の行進曲のとこと最後のコーダんとこだけなんだよ？　それだけのために何十分もずっと出張ってるとか、ないでしょ。本番はまあ我慢するけどさ、練習なんだし」

「……えっと、つまり、そのちょびっとの出番のとき以外はずっと教室にいたってことなんですか」

ブラバン部員は三人ともうなずいた。

「その間、だれか他の人が教室に入ってこなかった？」とキリカは訊ねる。三人はすぐに首を振った。それから一人が眉を寄せる。

「ねえ、ひょっとして楽譜がなくなったのうちらのせいってことになるの？」

「……え……と……それは」

僕は言葉に詰まって隣のキリカに目をやった。彼女は肩をすくめて答えた。

「それは調査を進めてみないことにはなんとも言えない」

疑いがかけられている当人に対してかけるべき言葉ではなかった。当然、三人とも憤りをあらわにした。

「あのねえ、ぜったいそんなことやってないから！」

「他人の楽譜なんて盗ってなんになるってのっ？」

「もうほんとこういうの勘弁してよ、こっちは頼まれて助っ人で来てるのに！」

僕は三人に何度も頭を下げて、キリカの腕をつかみ、その場を辞した。


続いては弦楽部に足を向ける。そちらの部室にも、マエストロ石崎をはじめ弦楽部員が何人も集まっていた。

「楽譜がなくなった？　ああ、昨日の練習で深瀬さんたちがなにか騒いでいましたね」

マエストロ石崎はあまり興味なさそうに言った。

「あなたたちの楽譜は無事だったの」

居あわせた弦楽部の面々にキリカは訊ねるが、みんな首をかしげて答えた。

「無事だけど」「ていうか倉庫に予備がまだあったんだろ？　べつにいいんじゃないの」

僕はキリカの横顔をちらと見る。

ウイオケ、合唱部、そしてエンジェリックコラールでも起きていた楽譜紛失（盗難？）被害が、弦楽部に限っては起きていない。これはどういう意味を持つのだろう。

するとつまり――犯人は弦楽部の人間？　いや、それはあからさますぎるか？　疑いを向けられないように自分も盗難に遭ったように装うのが普通では？　待て待て、キリカも言っていたじゃないか。予断はよくない。

「昨日の全体練習で、演奏中にだれか席を外した人はいない？」とキリカは続けて訊《き》く。

部員たちは顔を見合わせた。

「……さあ」

「少なくともうちの部員はそんなことするやついないですよ」

「弦楽器や合唱は大勢いるから、だれか一人くらい欠けてもわからないでしょう？」

キリカの問いに、石崎先輩は芝居がかった大げさなため息をついてみせた。

「一人でも欠ければ音が抜け落ちるわけですからすぐわかりますよ」

「え？　いやでも、十何人も同じパートを演奏するわけだし」と僕は無粋な口を挟んでしまった。石崎先輩の顔に浮かぶのは蒙昧《もうまい》な一般人への憐《あわ》れみの表情だ。

「十六人で弾くヴァイオリンと十五人で弾くヴァイオリンの音は、たとえ全員が同じ旋律であってもまったくちがいます。聴き分けられないようでは指揮者をやる資格はない」

「だから断言できます。昨日の全体練習、練度不足やミスはあれど、演奏に穴をあけるようなメンバーはいませんでしたよ」

「……ほんとに把握できてるんですか？　すごいですね、あんな大人数を」

素朴な驚きを素直に口にしてしまったのが運の尽きだった。マエストロ石崎は物憂げに頭を振ってさらに話を続ける。

「今回のオーケストラはちっとも大人数なんかじゃありません。むしろ第九を演《や》るにはまったく人数が足りていない。中期ベートーヴェン以降の管弦楽曲は倍管編成が望ましいですがウイオケにはそれだけの木管奏者がいません」

「はあ、ええと、ばいかん？」

「木管パートを通常の倍の人数にする楽団編成ですよ、劇的なディナーミクを得るために必要なんです。ベートーヴェンはピッコロやトロンボーンやコントラファゴット、トライアングルにシンバルに大太鼓といった打楽器までも交響曲にはじめて導入した革新的な管弦楽法開発者だったわけですがこの拡大されたオーケストラにおいて古典的な木管二管編成ではフォルテの際の音圧が足りず実際に第九初演時の記録からも倍管編成が用いられていたことがわかっており今回の我々の公演は苦渋の選択で——」

その後もマエストロの交響曲講義が延々と続きそうだったので僕はキリカを連れて急い

で弦楽部の部室から逃げ出した。あまりにも熱気にあてられ続けたせいで、十二月のひりひりと冷たい風が頬に心地よく感じられるくらいだった。

すっかり葉が落ちきった並木の遊歩道を歩きながら隣のキリカに言う。

「これで一通り関係者には事情を聞いて回ったかな。いったん生徒会室に戻る？」

彼女は首を振った。

「あともう一ヵ所。もう一人、聴取しなきゃいけない相手がいる」

「だれ？」

「わたしが独自に入手した情報から推測すると、今の時間帯はおそらく第四部室棟の周辺にいるはず」

なんのこっちゃ。独自の情報？

しかしキリカの言葉の意味はすぐにわかった。第四部室棟の一階、ずらりとドアが並んでいるところに人だかりができていた。ちょうどゴスペル部の部室の前あたりだ。かがみ込んだ生徒たちの足の間にちょろちょろ動き回る小さな白い毛玉が見えた。

「……あっ、生徒会の」

人だかりの中の数人がすぐに僕らに気づいた。キリカはうなずいてそちらに歩み寄る。

犬はだいぶはしゃいだ様子でゴスペル部員たちの膝の上を跳び回っている。

「あれ、最近はゴスペル部で世話してるんですか」と僕は訊いてみた。

「いや、餌やりとかはオーケストラの連中がやってるんですけど」

「こいつ生徒会に認めてもらってから学園のあっちこっちに遊びにいってますよ」

「散歩ルートまとめてＬＩＮＥグループにアップしてるやつとかいるし」

「……そんなに有名になっちゃったんですか……」

いいのか？　飼うのを認めてもらってるから、問題ないのか。

キリカは手慣れた感じで犬の小さな身体を抱き上げた。

「ひょっとして聴取する相手ってそいつのこと？」

訊いてみるとキリカは無言でうなずく。

「探偵業務じゃなくて犬をなでくりまわしたかっただけじゃ」

「ちがうの！　これも探偵の仕事なの！」

キリカは眉をつり上げて言った。

「これからこの子にもじっくりと話を聞かないと――」

しかし僕だけではなくゴスペル部員たちにもじろじろと注目されたので、キリカは犬を抱え込んだままそそくさと部室棟の角を回って物陰に引っ込んでしまった。しかも、こんな言葉が飛んでくる。

「ひかげは先に生徒会室に戻ってて！　大勢で囲んでたらこの子が正直に供述してくれないでしょ！」

人目につかないところでなでくりまわしたいだけじゃねえか……。

＊

生徒会探偵の助手という職務に就いてから、もう半年以上になる。

キリカとは何度も一緒に仕事をしてきた。最初のうちこそただの使いっ走りだったけれど、いくつもの複雑な事件のこみいったいきさつを共有していく間に、僕は僕なりのつたないやり方で少しは手助けができるようになり、彼女からもわずかながらの信頼を寄せてもらえるようになった——と思っていた。

ところが、今回の『第九コンサート事件』では、まったくなにも話してくれないし、僕の助力もまるで頼みにしてくれない。出逢《であ》ったばかりの頃みたいなディスコミュニケーションぶりで、正直かなり哀《かな》しかった。まだ事件の結末を語る段階ではないけれど、心苦しいのでこの点だけは先に記しておこう。この事件に関しては僕はほんとうになにもしない。完全に役立たずなまま終わる。それでもかまわないという方だけ、この先を読み進めていただきたい。

各所への事情聴取に引き続いての調査は、音楽科の倉庫漁《あさ》りだった。

「うわ……すごいですね」

春川《はるかわ》先生に続いて倉庫に入った僕は、感嘆を漏らす。普通教室の何倍もの広さの空間に書架とスティールラックがぎっしり並び、黄ばんだ背表紙の楽譜や音楽理論の解説本や音楽史の資料本やらが詰まっている。胸が詰まるような、黴《かび》とも埃《ほこり》とも微妙にちがうにおいが充満していて、なんだかわくわくした。

いやいや、興味本位で来たわけじゃないぞ、と隣のキリカを見やって僕は自分に言い聞かせる。探偵の調査で入れてもらったんだ。

「この倉庫はだれでも入れるの」とキリカは春川先生に聞いた。

「ええ。音楽科職員室に行って鍵を借りれば」

「借りた生徒の履歴は残している？」

「もちろん。……でも、しょっちゅう貸し出しているから、今週だけでも大勢いるけど。奥の方は楽器もしまってあるし、音楽系の部活はみんなここを使うし」

「そう」

さして残念でもなさそうにキリカはうなずいた。

「それで、第九の楽譜はどこにあるの」

春川先生に案内されて僕とキリカは書架の列の奥まった一角に踏み込んだ。

「ここが全部第九ね」と春川先生は書架の上から三段をざっと手で示す。ごっそりと空間ができているのは、もちろん演奏会のために貸し出しているからだろう。それでもスコアも各パート譜も何部かずつ余っている。

キリカは背伸びして――彼女は僕より頭一つぶん背が低いのだ――最上段から薄い一冊を抜き取った。どうやらトロンボーンのパート譜のようだ。ぱらぱらとめくると、五線譜の上や下に赤ペンで書き込みがしてある。『縦をそろえて』とか『粒立てて』とか『息を長く』とかそういったわかるようなわからないような注意書きだ。

「こういう書き込みって、してもいいんですか？　学校の備品ですよね、これ」

ふと思って先生に訊いてみた。

「ううん、そうね。堅苦しいことをいえば駄目なんでしょうけど、でも楽譜に書き込みするのって大事なの。楽譜だけならただのレシピだから、実際に料理するにはもっともっといっぱい考えなくちゃいけないことがあるし」

そういうものなのか。キリカは書架の段にできた大きな空隙をじっと見つめた後で先生にまた訊ねた。

「……パート譜がないパートもたくさんあるようだけれど」

「……え？　……ええ。ほら、楽譜がなくなった、って言ってみんなでまた借りにきたでしょう、あのときに貸し出したぶんでなくなっちゃったの。どのパートもなんとかちょうど足りたから助かった」

「ちょうど足りた？」キリカの声が氷の針を含んだようになる。「つまり盗難事件の後に新しく貸し出したパート譜は、すべてぴったり必要な部数だけここに余っていた、ということ?」

春川先生は生徒会探偵の不意に発揮された迫力に気圧《けお》されながらも、うなずいた。

「そう」

キリカは素っ気なくつぶやくと、隣のスティールラックの戸を開いてかがみ込み、中にぎっしり並んだ楽譜の背表紙を指でたどりながらなにか探し始めた。

「……なにしてんのキリカ」

「あなたたち二人も探して。たぶんこの近くのどこか、すぐには見つけ出せないような場所に、第九のパート譜の残りが隠してあるはず」

隠してある? なんだそれ?

「ひかげ、早く」

急《せ》かされたので、僕は春川先生と戸惑った顔を見合わせ、それからキリカの調べているラックのひとつ左隣のラックを開いた。春川先生も僕らと背中合わせになって反対側のラックの列を探し始める。

「——あった」

見つけたのは僕だった。壁際のラックの下の段、引き戸の奥に、背表紙が見えないように平積みにされていたのだ。

「ベートーヴェン……シンフォニー9、うん、これだよね。これは……フルートか。オーボエ、クラリネット、それからコルノ？　コルノってなんだろ」

「ホルンのこと」とそばに寄ってきた春川先生が言って、僕の手元のパート譜の山をのぞき込み、かきわけてあらためる。

「ファゴット、トランペット、……ああ、全部あるみたい。そうね、どのパートもちょうどぴったり必要な数だけ残ってたなんて変だなとは思っていたんだけれど」

それから先生は背後のキリカを振り返る。

「これ、どういうことなの？」

彼女は先生の問いにはすぐ答えず、代わりに僕を見た。

「ひかげ、タブレットを出して」

「え？　あ、うん」

僕はブレザーのポケットからiPad miniを取り出してキリカに手渡した。彼女が画面に表示させたのは、譜面の写真だ。さきほどちらっと見たトロンボーンのパート譜よりもはるかにたくさんの書き込みが緑色のペンで加えられている。これはたしか——

「第九のフルートのパート譜ね」と春川先生も画面をのぞき込んで言う。「これは？」

「盗難後に新しくウイオケ部員に支給されたパート譜。この間ウイオケに聞き取り調査にいったときに撮影してきた」

それからキリカは画面をフリックして次々に同じような写真を表示させる。

「これはオーボエ。これはファゴット。これはトランペット。……わかる？」

「……なにが」

「よく見て。書き込みの字。使っているペンの色をいちいち変えたり、筆跡もなんとか変えようとしたりしているけれど、すべて同じ人の字」

僕は目を剝《む》いた。タブレットに手を伸ばして自分でフリックし、たしかめる。

……言われてみれば、なるほど、その通りだ。

いや、でも——それってどういうことなんだ？　フルートもファゴットもトランペットも、果ては合唱譜まで、同じ人間の注意書きが入っている？　いったいだれがそんなことをしたんだ？　交響曲の全パートに詳しい解釈を入れられる人間というと、指揮者？　いやそれにしたってパート譜にわざわざ自分の手で書き込むような手間はとらないだろう、口頭で伝えてあとは演奏者が書けばいい。だいたい、残りのパート譜がわざわざこんな場所に隠してあったっていうのはどういうことなんだ。僕はラックの奥に押し込んであった山から再びパート譜を取り上げると、ページをめくってみた。

こちらの譜面はどれも、手書きの書き込みがまったくなかった。きれいなままだ。

混乱が頭痛に変わりそうだった。すがるように探偵を見やる。

「犯人がなにをしたのか、というと」

キリカがしんとした声で語り出す。

「まず、事前にこの倉庫に入り、第九のパート譜のうち、ある特定のものにすべて演奏解釈や注意を克明に書き込んだ。そして、書き込みを入れていない残りは、こうしてすぐに見つけられない場所に隠した。なぜそんなことをしたか？　……犯人はその後、楽団員が使っているパート譜を次々に盗んでいく。すると楽団員は補充のためにこの倉庫にやってくる。新しく支給されるのは、どれも犯人が書き込みを入れた楽譜。なぜなら棚にそれしか置かれていないから」

それでどのパートも予備の楽譜がぴったりなくなった——というわけなのか。

春川先生が戸惑いに震える声でつぶやく。

「……えっと、つまり、その……犯人？……の目当ては、みんなの楽譜を書き込み入りのものに交換する、っていうこと？」

キリカは無言でうなずいた。

「なんでそんなことすんの？」僕は我慢しきれずに訊いた。「自分の思い通りの演奏をみんなにやってもらうため？　えっと、ちょっと待って、そうすると犯人って指揮者の石崎先輩？　みんなが指揮に従ってくれないからってわざわざ楽譜を盗んで入れ替えて」

自分でも無理のある推論だとわかっていても口にせずにはいられなかった。春川先生も青ざめた顔で僕とキリカを見比べている。

生徒会探偵は、やがてふうっと息をつき、先生をまっすぐ見た。

「わたしの調査はここでおしまい」

先生は目を見開いた。

「……ど、どういうこと？」

「犯人はわかった。目的もわかった。けれど、ある人の名誉と利益を守るために、これ以上先生に真相を教えるわけにはいかない。……だから、ごめんなさい。先生の依頼は完遂できない。料金も要らない」

「でも、じゃあ」

春川先生の湿った声を遮って、キリカは言った。

「これだけは言える。犯人の目的は演奏会の妨害をするようなものではない。二十三日の演奏会は滞りなく終わる」

先生は小さな探偵を見つめ、しばらく息を詰めていたけれど、やがて安堵《あんど》したように肩を落とした。

「ただ」とキリカは付け加えた。「演奏会の後でひとつ事件が起きる」

「……え？」

驚きの声が僕のものだったのか春川先生のものだったのか、よくわからない。キリカは倉庫の埃っぽい天井隅を見上げてつぶやいた。

「犬がいなくなる」

しばらく啞然《あぜん》とするしかなかった。

「……犬？　って、オーケストラのみんなで面倒見てるあの白い仔犬《こいぬ》？」

「そう。でも心配は要らない。犬は翌日、クリスマスイヴに無事見つかる。それでこの事件はおしまい」

*

そうして、十二月二十三日がやってくる。

キリカの言葉通り、楽譜大量消失以降は事件もとくに起きず、何度か視察した限りではあいかわらず四つのクラブとも小競り合いをしつつも練習を重ね、無事に本番を迎えられたようだった。

僕はチケットを持っているわけでもなく、美園《みその》先輩の謎の権力を行使して席を確保したわけでもないので、開演時間である午後三時になっても生徒会室にいた。このところキリカにつきあって視察だの調査だのにかまけていたせいで副会長の業務が山積みになっていたのだ。デスクでノートPCを打鍵する手をふと止め、時刻を確認する。

そろそろ、燕尾服《えんびふく》に身を包んだマエストロ石崎が舞台上に現れ、拍手を浴びながら指揮台にのぼる頃だろうか。クラシック音楽にはあまり興味のなかった僕だけれど、一ヵ月ちかくも練習を見守ってきたのだからその成果物をこの目と耳で確かめたい、という気持ちは少なからずあった。

それに――

会計室のドアに目をやる。

春川先生に調査打ち切りを告げて以来、キリカはほんとうに楽譜消失事件について沈黙してしまった。僕に対しても、だ。さらなる被害がなにも起きていないにしろ、探偵助手としてはさみしい限りだ。僕ってまだまだ全然信頼されていないってことなんだろうか。今も、会計室にいるはずなのだけれど、ドアをぴったり閉じたまま。物音一つ聞こえず気配もない。

いや――ドアの向こうからなにか聞こえてきた。

この十二月中、しょっちゅうオーケストラのパート練習に足を運んでいた僕は、その低いすすり泣きのような弦合奏がベートーヴェン第九交響曲のイントロだとわかる。

隣のデスクで昼寝をしていた会長がぱちりと目を開き、くすりと笑って椅子から跳ね起きて会計室のドアに向かった。

「キリカ、ドアを開けて。ひとりで聴くなんてもったいない。みんなで楽しもう」

しばらくばつの悪そうな沈黙があった後で、おずおずと会計室のドアが開いた。決然とした二短調の第一主題が生徒会室にはっきりと流れ込んでくる。ＰＣの前の椅子にむすっとした顔で膝を抱えて座っているキリカの姿も僕のところから見える。音楽の源は会計室奥のＰＣ用テーブルスピーカーだ。あんなに大きい音で鳴らせるやつだったのか。

「あら、これは」と書記デスクで仕事をしていた美園先輩が手を止めて言う。「今まさに演っている白樹台《はくじゅだい》フィルのコンサートですね」

てっきりiTunesでも聴いているのかと思ったけれど、言われてみれば演奏にややぎこちなさがあるし、音響にも荒削りなライヴ感がある。キリカはうなずいた。

「会場のマイクで拾ったのをリアルタイムで流してもらっている」

「じゃあちょっと休憩しましょう、ぼくお茶淹《い》れてきますね、おやつも」

薫《かおる》くんがそう言ってキチネットへと走っていった。

僕らは会計室の前までそれぞれ椅子とコーヒーテーブルを持っていくと、スピーカーから流れてくる第九に耳を傾け、ティータイムを楽しんだ。ひょっとして自分ひとりの鑑賞時間を邪魔されて怒っているのではないかとキリカの顔をうかがってみたけれど、さほど不機嫌な様子はない（基本的に無表情な彼女だが、その無表情にもいくらかバリエーションがあることが長いつきあいでわかってきた）。

「……このオーケストラが今回限りなんてもったいないですね。白樹台フィル、復活してほしいです」

第二楽章と第三楽章の合間に美園先輩が感じ入ってつぶやいた。僕も同感だった。奇妙な事件に見舞われつつも、こうしてひとつの管弦楽団としてまとまり、練度を高めて本番を迎えられたのだ。

「ぼく、第九をちゃんと聴くのはじめてです」と薫くんが背筋を伸ばして言う。「歌のところしか知らなかったけど、その前の部分もこんなにいい曲だったんですね」

これもまた今回の事件での思わぬ収穫だった。僕も薫くん同様、第九なんて有名な合唱のメロディしか知らなかった。第一から第三までの器楽のみの楽章なんて歌が始まるまでのかったるい前振りだろう、くらいの認識だった。過去の自分をぶん殴ってベートーヴェンに謝罪したいくらいだ。今では、とくに第二楽章がお気に入りだった。ウイオケの人たちが『ティンパニ協奏曲』なんて言っていた、躍動感あふれるスケルツォ。瑞希さんの叩《たた》くティンパニが管弦楽の間を縦横無尽に走り回るスリリングな曲だ。それに続く静謐《せいひつ》な第三楽章も味わい深い。緊張感をコンサートホールじゅうに満たしてオーケストラから透き通った響きを引き出すマエストロ石崎のタクトが目に見えるようだ。

……と通ぶった感想を並べてはみたものの、最高に盛り上がるのが終楽章の『歓喜の歌』であることはやはり否定できない。ひとしきり歓喜の主題があちこちのパートに受け渡され、いったん静まり、色とりどりの打楽器も加わってにぎやかな軍楽調の行進曲が始まる。テノールソロと男声合唱の掛け合いを露払いに、いよいよやってくる山場。

——歓喜よ、麗しき霊感よ、楽園の乙女よ

——我らは火に酔いしれつつ足を踏み入れる、崇高なる汝《なんじ》の聖域に！

——時流が厳しく切りわけたものを、汝の魔力は再び結びつける

——すべての人々は兄弟となる、汝のやさしき翼の休まる場所で……

合唱は二つの主題を巻き込んで複雑なフーガのるつぼの中に溶け込み、燃えさかりながら最高潮に達し、狂気さえ感じさせる激烈な全合奏の嵐で締めくくられる。

スピーカーから万雷の拍手があふれる。僕らも胸を衝き上げる感動に素直に従って手のひらが腫れるほど拍手をした。薫くんなんて立ち上がっている。キリカだけは変わらず椅子に縮こまったままなので楽しめなかったのかなと思いきや、なにか冊子のようなものを握りしめてページに熱心に目を注いでおり、よく見たら第九交響曲の総譜《スコア》だった。彼女なりに演奏会を堪能したということなのだろうか。

演奏が終わった後、僕らはお茶とお茶菓子を片付け、椅子とコーヒーテーブルを元の場所に戻し、それぞれのデスクワークや昼寝を再開した。

熱狂の余韻がまだ耳に、肌に、胸の奥に、じんわりと残っている。

でも腹の底からにじみ出てきた不安がそれを少しずつ浸食していく。

あのときキリカは言っていた。

演奏会の後でひとつ事件が起きる——犬がいなくなる、と。

予見できているにもかかわらず、キリカは僕と春川先生にきつく言い渡した。他言無用。だれにも忠告してはいけない。予防措置を講じさせてはいけない。事件は起きるままにしなくてはいけない。ある人物の名誉と利益にかかわるから。

どういうことだよ？　犬がいなくなるって、あれだけかわいがっていたオーケストラのみんなにとっては一大事じゃないのか。明日すぐに見つかるからべつにかまわないってことなのか。名誉と利益？　それは犯人の、ってこと？　なんで探偵が泥棒の名誉と利益を守らなきゃいけないんだ？

再び固く閉ざされてしまった会計室のドアを、僕はただじっと見つめることしかできなかった。


心配になって、第三部室棟に行ってみた。弦楽部やウイオケなどの部室が入っている建物だ。午後五時を回って外はもうすっかり暗く、休みの日なので遊歩道にも人影はまったくない。敷石に積もった枯れ葉の上に街灯が淀《よど》んだ光を等間隔で落としているだけだ。乾いてくぐもった自分の足音がうら寂しい。

部室棟には明かりがともり、制服姿の大勢の姿があった。どうやら楽団員たちがコンサートからちょうど戻ってきたところのようで、大太鼓やティンパニといった大型の楽器を倉庫にしまおうとしている最中だった。

「あ、副会長さん」

何人かが僕に気づいた。僕は首をすくめるような会釈を返す。

「おつかれさまです。コンサート、大成功だったみたいですね」

「はい、おかげさまで！」

「すっごい盛り上がってた！」

「来年もやりたいよね」

「あんな長い曲、せっかく練習したのに一回だけはもったいないよね」

嬉《うれ》しい言葉が返ってくるので顔がほころぶ。しかし本来の目的を忘れるわけにはいかない。僕はなるべく平静を装って訊ねた。

「なにか問題は起きませんでしたか？　ほら、あの、またなにかなくなったりとか」

自然な質問のはずだ、と僕は自分に言い聞かせた。楽譜盗難事件があったのだし、生徒会はクラブを監督する立場にあるのだし、コンサートでなにか問題が起きなかったか気にするのは当然のことだ。けっして、今日なにか事件が起きることを前もって知っていた、なんてことは悟られないはずだ。

僕の質問に、居あわせた部員たちの顔が一斉に曇った。しばらくためらってお互いに顔を見合わせていたが、やがてウイオケ女子部員の一人が言う。

「……フランソワが、お昼くらいからいないんです」

僕は苦心して、ほどよい感じの驚きの表情をつくった。

「犬、ですよね？　いない？」

「チョコちゃん、今朝はうちで餌をやったんだけど」と合唱部員。

「そのあと散歩に行ってウイオケに顔を出すのがいつものチョコちゃんで」

「コンサートあるからしょうがなくそのまま出てきちゃったんだけど」

「終わったら部室に来てるかなと思って」

「見当たらないね」

「弦楽部の方にもいないって」

「今日、北沢先輩が家に連れ帰る予定だったんでしょ？」

「うん、冬休み中は先輩が世話をするって」

「北沢先輩、フランソワ捜しにいっちゃったよ」

キリカの言った通りになった。しかし、危惧していたほどの騒ぎにはなっていないことに内心安堵していた。考えてみればあの犬はこれまでも学園内を好き放題に歩き回っていて、定住する犬小屋があるわけでもない。いつもの巡回コースを外れてちょっと姿が見えない、くらいでは『事件』とは認識されないわけだ。

「これから打ち上げなのにね」

「ほっとけばそのうち戻ってくるんじゃないかなあ」

「とりあえず餌と水だけ外に置いとこうか」

交わされる言葉にも深刻さはまるで感じられない。

僕も心当たりを捜してみます、と言って僕はその場を立ち去った。


生徒会室に戻ると、閉じられた会計室のドア越しにおそるおそる報告した。

「ほんとに犬がいなくなったみたい。今、部室棟に行って確認してきたよ」

「……そう」

素っ気ない返事だった。どうせ反応はこれだけかな、と思って離れようとしたところ、ドアが開いて白と黒のリボンの先がぴょこんとのぞく。

「明日、解決する。そのときにはもちろんひかげも探偵助手として立ち会う。十七時には必ず生徒会室で待機」

僕は目をしばたたいた。

「……ああ、うん。わかった」

喜んでいいのか、いまいちわからなかった。キリカも多少は僕を頼りにしてくれているのか？　それとも儀礼的なものだろうか。探偵助手は記録係でもあるので——というか記録をつける以外に満足な仕事もできないので——調査段階ではどれだけないがしろにしようとも締めくくりの真相だけは見せておかなければいけない、ということだろうか。

いやいや、悪く考えすぎだ。キリカが沈黙してきたからには、なにか理由があるのだ。これまでだってそうだったじゃないか。

「夕方の五時ね。忘れないようにする。朱鷺子《ときこ》さんとお昼を食べて——それからすぐに戻ってくればじゅうぶん間に合うよね」

キリカは小さくうなずいて会計室に引っ込んだ。

「ひかげさんっ」横で聞いていた美園先輩が駆け寄ってくる。「クリスマスイヴの夕方五時に生徒会室に居残らなきゃいけないいなんてっ」

「いやまあしょうがないですよ、これも仕事だし」

「私とのしてもいない約束はどうなるんですかっ」

もうそのネタはいいっての。しかしそこに会長が口を挟んでくる。

「二時頃に朱鷺子を置いてホテルを出て三時からあたしと逢瀬《おうせ》して四時から美園の番というスケジュールなら五時に生徒会室に間に合うだろう」

「ホテルとか会長との予定とか、でまかせをまとめてぶっ込んでくるのやめてもらえませんかね」

「そ、そんな、ひかげさん」美園先輩は目に涙をためて声をわななかせる。「朱鷺子さんだけではなく薫さんまでホテルにだなんてっ」

「でまかせを横に広げんな！　つっこみきれんわ！」

「ひかげのばか、ふけつ！　ローストビーフとローストチキンとブッシュドノエルの食べ過ぎで入院しちゃえばいい！」

キリカもなんでまだ話に入ってくるんだよ？　さっきドア閉めただろ？

「ええと、あのう、せんぱい」

執行部最後の良心である薫くんが近寄ってきてフォローしてくれる。

「ねえさまのために、ぼく、ホテルの外で待ってますね」

フォローじゃなかった！　僕の味方なんていなかった！

＊

そんなわけで明くる二十四日のクリスマスイヴ、お昼に神林《かんばやし》姉弟《きょうだい》といっしょに駅前のカフェで会食している間も、僕は上の空だった。今夜いったいどういう事件の結末がやってくるのだろう。キリカは僕になにを見せようとしているのだろう？

「……くん、牧村《まきむら》くん？」

呼ばれてはっと我に返る。向かいの席で朱鷺子さんがちょっと怒った顔になっている。

「あっ、すみません、ぼーっとしてて」

「食後のケーキを選びましょう。苦手なものとかはある？」

「いや、とくに……」

「ぼくレモンタルトにします」と朱鷺子さんの隣の席の薫くんが言う。「ねえさま、このブッシュドノエルかわいいしおいしそうですよ」

「ひとりで食べるには大きすぎるわよ……」

「だからせんぱいとなかよくはんぶんこすればいいんです」

「なっ」朱鷺子さんは頰を染めて、上目遣いで僕を見た。「……そんなこと勝手に決めたら牧村くんも迷惑でしょう、他に食べたいのがあるかもしれないのだし」

「いや、べつにそれでいいですよ。美味《おい》しそうだし」

「……そ、そう？　牧村くんがどうしてもって言うなら、いいわ」

どうしてもとは言っていないのだが、朱鷺子さんは店員を呼んでケーキを注文した。

「ねえさまねえさま、ついでにこのカップル用のダブルサイズのクリームソーダを二本のストローでいっしょに」

「薫ッ、いいかげんにしなさい！」

パスタもケーキもカプチーノもそれはそれは素晴らしい味だったけれど、事件のことがずっと胸のあたりに引っかかっていて、心の底から楽しめたとはいえなかった。会話も、姉弟がずっと喋《しゃべ》っているのを聞いてたまに相づちを打つばかりで、正直なところ二人には申し訳なかった。せっかくおごってもらったのに。

「それで、牧村くん」

お会計を済ませて店外に出ると朱鷺子さんが言った。

「私たちは実家に帰るけれど、牧村くんはどうするの？　たしか電車は途中まで同じだったわよね、今日帰るというならいっしょにどう？」

「あ……すみません。帰るのは明日の朝にしたんです」と僕は言った。「キリカが、今夜探偵業務があるから残れって」

朱鷺子さんは複雑そうな表情でじっと僕の顔を見つめ、それからコートの前をかきよせると、バスロータリーの向こうの駅舎に目を移してふうっと息をついた。

「……いつでも聖橋《ひじりばし》さん優先なのね」

「え？　いや、べつにそういうわけでも……ええと？　優先っていうか」

「わかったわ。しかたないわね」

朱鷺子さんはボストンバッグを肩にかける。

「今年一年、お世話さま。良いお年を」

「あ、はい。良いお年を」

そうか、年末だったんだ、と僕は今さらのように思い出した。白樹台学園に入ってからこれまでの八ヵ月間ずうっとあわただしかったせいで、年の瀬の感慨なんてものもさっぱりなかった。

「せんぱい、おからだに気をつけて！」

薫くんもそう言って姉の背中を追いかけ横断歩道を渡る。駅の前に着いた二人が振り返って手を振ってくるので、僕も手を振って応えた。姉弟の姿が駅舎の中に見えなくなってしまうと、僕は踵《きびす》を返して学園への道を歩き出した。


生徒会室にはだれもいなかった。

美園先輩は今日から冬休みに入っているので登校してきていないし、会長も今朝やってきてざっと荷物をまとめて昼前に帰省してしまった。薫くんともさっき別れた。

がらんとした広い部屋をあらためて見渡し、左手の壁にたっぷりとした間隔をとって並ぶ五枚のドアを奥から順番に目でたどる。

ドアプレートに記された役職名は、《広報》《副会長》《会長》《書記》――

そして、《会計》。

ほんとうにこの一年色々あったな、と僕はようやく押し寄せてきた感慨にしばし浸った。クラス担任の千早《ちはや》先生に言われてこの生徒会室にやってきたのが最初のきっかけだったっけ。隣の席でありながら授業に一度も出席したことがないクラスメイトを訪ねて。

そうしてキリカに出逢い、会長に捕まり、庶務に任命され……。

自分の左腕に目を落とす。ブレザーの二の腕に巻かれている腕章は《生徒会　総務執行部　副代表》。

こんなところまでやってきてしまった。

振り返ってみれば曲がりくねった長い道だったようでもあり、遮るもののなにもないまっすぐな坂道だったようでもある。

間違いなくいえるのは、僕のこれまでの人生でいちばん濃密な一年間だった、ということだ。さて、来年はどうなるのだろう。今年以上に事件や騒動や出逢いや別れや泣き笑いがぎっしり詰まった日々になるのだろうか？　僕の身体と心は保《も》つだろうか……。

頭を振って感慨を払い落とした。

まだ終わっていないのだ。今年最後の――最後だよね？――事件の解決が残されている。会計室のドアに歩み寄ってそっと声をかけた。

「ただいま。……まだ五時までだいぶあるけど、戻ってきたよ」

やや間を置いて、こもった声が返ってくる。

「……早く戻ってこられても困る。五時にならないと解決は始められない」

「え？　あ、いや、そうだったの？　うん、ごめん」

それならもう少し外で時間を潰してこようか、と思案していると、会計室のドアが細く開いて、まず絨毯《じゅうたん》の床に茶褐色の毛玉――ウサギがころころと歩み出てくる。続いて、キリカが姿を現す。

「でも、せっかく時間が余ったのだから」とキリカはそっぽを向いたまま言った。「今年一年の探偵業務の記録をおさらいしてまとめる作業」

キリカは会長の椅子を副会長デスクのそばまで引っぱっていって腰を据えた。ウサギがその膝の上にひょいと跳びのる。記録のおさらいとまとめ、か。年の瀬だし、やっておいた方がいいのかな。僕もデスクについてノートPCを開いた。探偵助手フォルダに並ぶテキストファイルをひとつひとつたしかめていくと、自然と、僕らの間には思い出話がにじみ出てくる。

「あはは、このとき薫くんのことまだ女の子だと思ってたんだっけ」

「駿《しゅん》に教えてもらったレシピも記録につけていたの？　良い心がけだと思う」

「あ、これ文実の委員長選挙のときの作戦書だ。スローガンでうまくつながる熟語三つ見つけるのに徹夜で辞書引きまくったんだよね」

「狐徹《こてつ》に全部見透かされてたの、いま思い出しても悔しい」

「うわ、これカンニング防止アプリのソースコードだよ。こんなのも保存してあったのか、見てもさっぱりだ」

「ひかげは情報学科に転科しなくて正解。ぜったいに落ちこぼれてた」

「そういえばあの水着コレクションがどうとかいうオンラインゲーム、まだ運営続いてるのかな」

「思い出さなくていいの！　それは記録から消してもいいくらい！」

「なんだこの変な文章……あ、わかった、体育祭で会長がやるエターナルなんとかレクイエムの祈禱《きとう》文だ」

「狐徹はこんなわけのわからないのを暗誦《あんしょう》してたの？　能力の無駄遣い」

「学園七不思議リストまで出てきたけど、けっきょくキリカこれ全部正体暴いてないんだよね、今からでもやる？」

「ぜったいいや！」

……話題は尽きなかった。僕ら二人、ほんとうにたくさんの時間を共有してきたのだな、と思える。悪くない気分だ。

そして、これから訪れる第九コンサート事件の解決も、二人で迎えようとキリカは言ってくれた。調査中になにも教えてくれなかったからってふてくされたのは助手失格だったな、と僕は反省した。どうあれ、最後はこうして二人なのだから。

どこかで小さく電子音が鳴った。キリカは顔を上げた。アラームだ。会計室の方から聞こえた気がする。

「そろそろ時間」と彼女はつぶやいて、床におり、座っていた椅子を会長デスクに押し戻した。時刻を見ると十七時。今の今までキリカとのおしゃべりに夢中で全然気づいていなかったけれど、もう窓の外が真っ暗だ。十二月の日は短い。

キリカの後を追いかけて会計室に入った。PC両脇のスピーカーから、アップテンポの伴奏にのせられた濃密な合唱が流れている。キリカは椅子に腰を下ろしてぐっと身を乗り出し、スピーカーに顔を近づけて小声で言った。

「……もうすぐ」

「……この歌、なに？」聞き憶えがある気がする。

「ゴスペル部」と彼女は僕の方を見もせずに答えた。「今夜のクリスマスコンサートのリハーサルを今ちょうどやっている」

「ああ、市民会館だっけ」

昨日の第九コンサートと同じ会場だ。第九を聴くためにつなげた回線で、今こうしてゴスペルのリハーサルも聴けているというわけだ。

……って、なんでそんなの聴いてるの？　まさか、これを聴くために今日十七時まで居残れって言ったのか？　いやいやまさか。探偵業務だって言ってたじゃないか。このリハーサルも、きっとなにか事件に関係しているのだろう。

それにしても、いま流れているこの歌――

「『ジョイフル・ジョイフル』」とキリカが曲名を教えてくれた。「今日のゴスペルコンサートの最後の曲」

「なんか、知ってる曲な気がするけど……僕ぜんぜんゴスペルなんて聴かないんだけど、なんでだろう」

キリカがいきなり振り返った。僕の顔をじっと見て、やがてうなずく。

「聴いたことがあるのは当然。この歌はベートーヴェンの第九交響曲、『歓喜の歌』をアレンジして英語詞をつけたものなの」

「……ああ……ほんとだ。言われてみれば」

だいぶポップな改変が加えられているせいですぐにはそうとわからなかったけれど、なるほど、よく聴いてみれば第九の合唱の有名なメロディじゃないか。

「たまたま、プログラムの最後がこの曲だった。第九との偶然の符合。でもそれがわたしにとっては大きな手がかりのひとつになった」

探偵の口からいきなり語られた言葉に、僕は息を呑《の》んだ。心の準備がまったくできていなかった。もう事件の解決に入っているのか？　第九の合唱？　ゴスペル部？　それが楽譜盗難にどう関係するっていうんだ？

「……っていうかキリカ、あの、犬がいなくなったんだよね、今日見つかるって言ってたけどそれはどうなって――」

キリカは唇に人差し指をあてて僕に沈黙を促し、もう一方の手でスピーカーを指さした。僕は息を詰めてスピーカーの方に頭を近づけ、クライマックスに差しかかった『ジョイフル・ジョイフル』にじっと聞き入った。

沸き立つビートに乗ったコーラスが歯切れ良く締めくくられた瞬間、犬の吠《ほ》え声がそれにかぶさった。僕は驚いてのけぞった。

犬？

それから大勢の足音、驚きの声、やがてはっきりとした怒声。なんだこの犬、なんでこんなところに、ちょっと待ってこの子ほら、あのオケの連中が飼ってた、おいどういうことなんだよ、とにかく捕まえろ――

キリカはキーボードを操作して音声をぶっつり消した。再び僕の顔を見つめてくる。なにか質問は？　とでも言いたげな視線だったけれど、こっちはもう混乱の極みで、なにから訊いていいかもわからなかった。

「……え、っと、……なに？　今の……あ、ああ、うん、犬だよねそれはわかってるよ、あの白いやつだよねフリードリヒだったかフランソワだったかチョコだったか？　見つかったんだよね、ええと市民会館にいたってことか、でもどうして、ううん、つまり昨日のコンサートに楽団員のだれかが連れていってそのまま忘れて帰っちゃったってことか、だったら昨日捜してるときにそれくらい思い出せばいいのに」

キリカは首を振った。

「忘れて帰ったんじゃない。意図的に置き去りにしたの。だから捜している最中も言い出さなかった」

僕は目をしばたたいた。

犬をコンサート会場に、意図的に置き去りにした？　なんで？

「もう少したったら騒ぎも落ち着くはずだから、市民会館に電話をかけてみて」とキリカは僕に指示した。「リハーサル中になにか問題が起きたみたいだが状況を教えてほしい、って」

渦巻く疑問で脳みそがねじくれそうだった僕は、キリカの言う通りにするしかなかった。とにかくどんな小さなとっかかりでもいいから事実をこの手につかみたかった。携帯を取り出して市民会館にかける。

白樹台学園生徒会執行部の者ですが、はい、はい、お世話になっております、今たしかうちのゴスペル部がリハーサルをやっていると思うのですが、なにか問題が起きたというような報告がありまして、はい、詳しいことを教えていただきたいと——

『犬ですよ、仔犬、ステージ下の狭いところに隠れててねえ』

事務員さんがいらだちもあらわな口調で言った。

『リハのときにいきなり鳴きだして。これ、昨日うちで演ったオケの子たちの飼い犬だそうですね？　ほんとになに考えてるんですか、会場に犬つれてくるなんて。餌と水まで置いてあったんですよ、迷い込んだんじゃないです、だれかが連れ込んだんですよ！　とんでもない話ですよ、これ！』

僕は平謝りしつつ話の先を促した。

『リハだからよかったけど本番中だったら大迷惑ですよ。それにねえ、今日見つかったからいいけど、もし見つからなかったら、あなた、うちは明日から年始まで休館ですよ、犬も飢え死にしちゃうかもですよ？　ほんとにもう非常識でしょうまったく』

「ほんとうに申し訳ないです、ええとそれで、犬は」

『捕まえましたよ。昨日のオケの責任者の方に電話しましたので、引き取りに来てもらいます。今後またこういうようなことがあったら白樹台さんには会場を貸せなくなりますよ、わかってます？』

謝り倒してから通話を切った。内容をキリカに伝える前から、彼女はもうすべて知っているような顔だった。

「犯人の計画通りにすべてうまくいった、ということになる」

キリカは言って、立ち上がった。頭が痛くなってきた。

「……犬がいなくなって、今日こうやって見つかるのが、犯人のしわざってことなの？」

「そう。あの犬を会場に連れていき、置き去りにしたのは、もちろん犯人」

なんで？　なんで？　なんで？

疑問が沸騰して耳からあふれ出そうだった。キリカはダッフルコートを羽織り、大きなポケットにウサギを押し込んだ。

「市民会館に行く道で、説明する」


夜の街は街路樹も生け垣もアーケードも明滅するイルミネーションで飾り立てられ、浮ついていた。商店街を抜けるときにはあちこちから鈴の音のリズムにのったクリスマスソングが吹き寄せてきた。コンビニの店頭ではケーキのノルマ消化に必死な店員が呼び込みに声を張り上げている。コートを着ぶくれさせた幸せそうなカップルが何組も、量販店やデパートの大きな袋を抱えて駅の方へと歩いていく。

「これはそんなに複雑な事件じゃなかった」

僕の隣を歩きながらキリカはぽつりぽつりと語ってくれた。彼女のコートの左ポケットからウサギが顔を出して僕といっしょに探偵の事件解明を拝聴していた。

「犯人がやったことは、楽譜の大量盗難と、犬の会場放置。どちらも最終的には同じ目的で行われた犯行。まずは楽譜盗難の方」

「うん」僕は行く先をじっと見たままうなずいた。商店街を抜けると明かりが減り、心なしか寒さも増したような気がする。

「楽譜盗難の直接の目的は、倉庫で話した通り。楽団員のパート譜を書き込み入りのものに換えることだった」

「それは聞いたけど……でも、どうしてそんなことしたの？　指示を行き渡らせるため、じゃないよね？　指揮者の石崎先輩が犯人とか、そんなわけないよね」

キリカは固い表情のままうなずく。

「石崎先輩は、一連の犯行の——いわば、標的だった」

「標的？　被害者ってこと？」

「そうじゃない。事件の中心、犯人が犯行を通じて影響を与えたかった人物ということ」

「えっと、ごめん、もう少しわかりやすく」

「楽譜盗難事件の結果なにが起きたのかを考えてみて。盗難後に新しく支給された楽譜には、詳細な演奏解釈が犯人によって丁寧に書き込まれていた。あれは石崎先輩の解釈に沿ったものだったから、演奏者がみんな言っていたでしょう、書き込みは役に立っている、助かっている、って」

「ああ、そういえば」

「そうするとどうなるのか。管楽器も合唱もソリストも、石崎先輩の望んでいる方向にレベルアップする。つまり、石崎先輩がわざわざ各パートの練習に出向いて個別指導する必要がなくなる。それこそ犯人のほんとうの目的」

「……え？　個別指導に行かせないのが目的？」

「そう。弦楽部だけ楽譜盗難の被害に遭っていなかったのも、つまりそういうこと。石崎先輩は弦楽部の人間だから、どれだけ練度が上がろうと弦楽部への指導はどのみち自分でやるはず。楽譜入れ替えなんかでは妨害できないから盗む理由もなかった」

「え、ええと？　ううん？　なんでそこまでして、指揮者の直接指導を邪魔しなきゃいけないの」

「ウインドオーケストラの中でも、トロンボーンだけが盗難被害に遭わなかった。エンジエリッククコラールのソリスト四人のうち、テノールとバリトンはやっぱり楽譜を盗まれなかった。みんな同じ理由」

「は？　同じ理由って？　ごめん、ますますわからなくなってきた。トロンボーンはなんで除外なの？　テノールとバリトンも？」

「トロンボーンだけはみんな男子部員だったでしょ。テノールとバリトンも、男子」

　僕の頭を満たしていた混乱に、みしりと亀裂が走った。

　男子？

「犯人は、石崎先輩が女の子のところに直接指導しにいくのを妨害したかったの」

女の子。女の子だけ。それってつまり——

僕らは駅前の人通りの多いエリアを抜け、明かりの少ない住宅地に踏み込んでいた。市民会館はここから坂を上ってすぐそこだ。弱々しい街灯の光の下で、キリカの吐く白い息が腕章代わりに彼女の首に巻きつき、すぐに薄れて消える。

「そしてもうひとつの犯行が今日、完遂された。昨日の午後、市民会館に潜伏したあの白い犬が、今夜——ゴスペルコンサートのリハーサルが終わった瞬間になって吠え声をあげて発見される。これがすべて犯人の計画通りのできごと」

「計画、って……犬のやることだろ？　いつ吠えるかなんてわかんないだろうし、そもそも丸一日ずっと同じ場所にいるってきまってるわけでもないだろ。学園じゅうあっちこっち好き勝手歩き回ってたやつなのに」

でもキリカは首を振った。

「普段は好き勝手していたかもしれない。でも、あの犬は犯人にしっかりとしつけられていたの。犯人の言うことにだけは忠実に従った。そして、歓喜の歌を聴き終えた瞬間に吠えるように訓練されていた」

僕はあっと声をあげそうになった。合唱部員たちも言っていた。チョコちゃんは第九が好きだ、一回歌い終わると出てくるのだ、と。

あれが――犯人による仕込み？

「昨日の第九コンサートが終わった後で、犯人は――たぶん市民会館の外のどこかで待たせていた犬を、こっそり会場内に運び込んで、大ホールのステージ下に忍ばせた。待て、と言いつけてそのまま市民会館を後にした。犬は主《あるじ》の命令を忠実に守ってステージ下で息を潜めて丸一日を過ごした。やがて二十四日の夕方がやってきて、ゴスペル部のリハーサルが始まる。プログラムの最後の『ジョイフル・ジョイフル』が終わった瞬間、犬は訓練された通りに吠えて、発見される」

「それが全部……犯人の仕組んだ流れだっていうの？」

僕の問う声は震えていた。半分は寒さのせい、もう半分はおののきで。

キリカはうなずき、横断歩道で立ち止まる。数台の車がヘッドライトをぎらつかせて僕らの目の前を右へ左へと通り過ぎていく。

「犯人も音楽を志す人間だから――たぶん、自分の計画のためとはいえ、大切な本番前リハーサルを邪魔したくなかったのだと思う。そうなれば、犬が吠えて自分の居場所を知らせる、そのタイミングの合図は、リハーサル最後の曲しかない。だから犯人は犬に『ジョイフル・ジョイフル』を何度も聞かせ、歌が終わったら吠えるようにと仕込んだ。ただ、その副作用として、同じメロディを持つ第九の合唱にも反応するようになってしまった。ひかげもわたしと一緒に見たでしょ、合唱部に視察にいったとき、合唱が終わった瞬間にあの犬が鳴きながら走り出てきたところ」

「……うん」

「あれが犯人の計画を解き明かす重要な手がかりのひとつになった。たぶん犯人にとっても想定外だったはず」

「いや、ええと、うん、犯人がなにを仕込んだのかはわかったよ。でも、どうして？　なんのために？　ゴスペルのリハが終わったところで犬が吠えるように仕込んだ？　なんの目的で？」

信号が青にかわり、キリカは足早に車道を渡った。僕もあわてて後を追う。幅の広いコンクリートのゆるやかな階段がついた坂を登り切ると、目の前に角張った無骨な建物のシルエットが現れる。市民会館だ。正門奥の広場の真ん中にクリスマスツリーが色とりどりのLEDをまとって燃え立っている。玄関口の上には横断幕がかけられ、ライトアップされていた。こんなことが書いてある。

白樹台学園ゴスペル部
HOLY★NIGHT　LIVE
今夜はキミという天使にラブ・ソングを……

広場には何十人もの人影があったけれど、ぞろぞろと玄関口に吸い込まれていき、すぐに人気がなくなった。リハーサルも終わったし日もとっぷり暮れたし、そろそろ開演なのだ。キリカはクリスマスツリーをぐるりと迂回《うかい》し、玄関口を真横に見る広場左端の花壇の縁に腰を下ろした。ポケットからウサギを引っぱり出し、懐炉代わりなのか、両手で包み込むようにして抱く。

「あの犬は――」

ふと思い出したかのように探偵は語りを再開した。まるで昨日の夢の続きを見せられたようで僕はちょっとめまいがした。

「白樹台フィルの飼い犬だということが広く知れ渡っている。だからリハーサル中に発見されて騒ぎになっても、すぐに身元が判明する。そうすると、どうなるかわかる？」

僕は目をしばたたき、それからキリカの隣に腰を下ろして星の少ない夜空を見上げた。

「どうなる、って、……市民会館の人が怒って、連絡してくるよね」

「だれに」

「責任者にだろ。さっき電話で訊いたらそう言ってたよ」

「その責任者というのはつまりだれ？」

「だれって、ええと？　……ああ、ほら、公認申請のときの書類に署名した人だよ、あれのコピーを市民会館にも提出したんだし。たしか石崎先輩――」

そこで僕の記憶が火花を散らしてつながる。

僕は言葉を呑み込み、キリカの顔を見つめ返した。彼女はまつげを伏せてうなずいた。

「そう。石崎先輩ともう一人。イレギュラーなことだったけれど、書類に責任者の名前と電話番号が二人分書き込まれてしまうところを、ひかげ、あなたも見ていたでしょう。あれも犯人の計画の一ピース」

思い出す。石崎先輩が美園先輩のところに公認申請の書類を持ってきたのだった。受理される寸前に生徒会室に駆け込んできたのがウイオケの北沢絵里奈嬢だ。指揮者だからといって代表者づらするな、といちゃもんをつけにきたのだ。

そこへもう一人——

「犯人は、二人を仲裁するふりをして申請書類に工作をした。角が立たないように責任者名の欄には北沢絵里奈の名前を書き加え、連絡先の欄にもひとつ電話番号を追記した。ただ、これは北沢絵里奈の番号ではなく、記入者——犯人自身の番号だった」

それから、最後の事件が起きる。白樹台フィルの飼い犬がステージ下から発見され、責任者がこの市民会館に呼びつけられる。責任者二人が、だ。

「そうして今、犯人の目的はすべて達成された」

キリカのささやきがしんと星空に染みこむ。

まるでその声に呼ばれたかのように、市民会館の玄関口に二つの人影が現れる。ひとつはすらりとした細身の男子。もうひとつは、腕に白い仔犬を抱いた、小柄なおかっぱ頭の女の子だ。
思いがけず優しい目で二人を遠く見守りながらキリカは言う。
「なにもかもが、このときのため。この特別な夜に、二人いっしょに呼びつけてもらうた
め。十二月二十四日の夜を、たとえわずかな時間でも、片想いの人と過ごすため」
言葉は白い靄《もや》になってクリスマスツリーの色彩に溶けて消える。二つの影がその光の手
前を横切る。僕らには気づいていない。だいぶ距離があったけれど、かすかに会話が聞こ
えてくる。
ほんとうにごめんなさい、石崎くん。
いいんですよ。フリードリヒもいっしょにコンサートを演りたかったんでしょう。
でもこの仔、どうしよう。もうこんな遅い時間だし、明日で寮も閉まるし。
ひとまずぼくの家に連れていきましょう、年末年始は預かりますよ。
ほんと？　あ、それじゃ私もこれからちょっとお邪魔していいかな。この仔、餌とかト
イレとか散歩とか、ちょっと癖があるから、預かってくれるなら色々と教えておいた方が
いいかな、って……。
二人のシルエットは光の海の中を泳いで遠ざかり、やがて僕らの視界から消える。
キリカの手のひらの間で、茶色い毛の塊がもっくりと動き、コートのポケットにまた自

分から入っていった。キリカは細く息を吐き出して立ち上がり、スカートの砂埃を払い落とした。

「これで事件解決。終わり。寒いから帰る」

「……あ、ああ、うん」

僕もあわてて立ち上がってスラックスの尻の砂をはたいた。


「でも、キリカ」

まだわからないところだらけだったので、学園へ戻る道すがら訊いてみる。

「瑞希さんが犯人だって、いつからわかってたの？　なんか、倉庫で楽譜を調べたときにはもうわかってたみたいなこと言ってたよね」

キリカは素っ気なくうなずいた。

「当然わかってた」

「なんで？　わかるもんなの？　……あ、パート譜の書き込みの筆跡を調べたとか？」

「わたしにそんなスキルはない。でも、もっと早くから違和感はあった。あの犬が最初に生徒会室に飛び込んできたときのこと、憶えてる？」

「最初？　あー、ええと……四つのクラブの人たちが次々やってきて、最後は春川先生まで来たんだよね」

「あのとき、犬はおかまいなしにはしゃぎまわっていたのに、ある人物の『だめだよ』という言葉に反応してぴたっと静かになったの」

僕は口をあんぐりと開け、危うく自分の足に足を引っかけてつんのめりそうになった。そんなこと——そういえば、あったような？

「後からわたしも思い出してみて、犬はその人物にしっかりとしつけられていたのだと思い至った。もっといえば、犬が生徒会室に飛び込んできたこと自体が、その人物——つまり犯人のしわざだったのだと思う」

「え、そ、そうなの？」

「犯人は言っていたでしょう、『私がフランソワを逃がしちゃって』と。生徒会室に乱入する直前まで犬は犯人に世話されていた。そこで指示を受けた可能性が高い」

「なんでそんなことしたの」

キリカは嘆息して、コートのポケットから頭だけ出しているウサギをなでた。

「それまでこっそり飼っていた犬が生徒会室に姿を見せたとなれば、存在が学園じゅうにはっきり認知されるし、ひかげの例もあるから飼育を認めろとねじ込める公算もあったのだと思う。あの犬は白樹台フィルの犬だ、ということが有名になってくれなければ犯人の計画は成り立たないの。だって今日、リハーサルで犬が騒ぎ出したとき、その場にいる人間が犬の身元をだれも知らなかったら、『責任者が電話で呼び出される』という犯人の望みの結果に結びつかないでしょ」

「ああ……なるほどね」

「犯人はとにかく何度も犬を活用した。合唱部のパート譜をまとめて盗んだときも」

僕はあっと声をあげた。いかに無能な探偵助手でも、そこは思い至る点があった。キリカに少しでも見直してほしかったので素早く先回りして言う。

「犬の鳴き声がしてみんなで外に捜しにいった、って言ってたね。それでしばらく遊んでから部室に戻ったら楽譜が消えてた、って。瑞希さんが犬に指示して合唱部のみんなを外におびき出したわけか」

キリカは小さくうなずいただけで、とくにほめてはくれなかった。そりゃそうか。ここまで話されれば気づいて当たり前だ。

「ウイオケのパート譜を盗むのは難しくなかったはず。犯人自身がウイオケの部員だから機会はいくらでもあった。いちばん難しかったのはおそらく、エンジェリックコラールのソリストたちの楽譜を盗むこと」

「ああ……あれはやっぱり全体練習の最中に盗ったわけ？」

「そう。エンジェリックコラールは同好会で、部室もないから、楽譜はいつも個人が持ち歩いていて、盗るチャンスなんてほとんどなかったはず。全体練習で隙をうかがうしかなかった。わたしもあの事件でようやく確信を持って犯人を特定できた」

「え……なんで？」

「あの全体練習では、ブラスバンド部からの助っ人が三人呼ばれていた。トライアングルとシンバルと大太鼓。彼女たちはヘルプなのであまりやる気がなく、わずかな出番以外はずっと荷物置き場の教室で暖を取っていた——という証言はひかげも聞いていたはず」

「ああ、うん、憶えてる」

「もちろん彼女たちは犯人ではあり得ない。動機がないし、そもそもソリストたちのパート譜が鞄《かばん》にしまってあるなんて知らない。それにもう一点、マエストロ石崎の耳は演奏に穴が空けばぜったいに聴き分ける。となると可能性はひとつしかない。トライアングルとシンバルと大太鼓の出番中、自分の演奏パートが休みである何者かがロビーを抜け出して教室に行き、楽譜を盗んだ」

「……可能なの？」

　キリカは深くうなずいた。

「第九の総譜《スコア》を調べた。三種の打楽器の出番はわずか二回。プレスティッシシモの終結部は全合奏だから抜け出すことは不可能。でも途中の変ロ長調の行進曲の部分は、およそ二分間にわたって、まったく演奏がないパートが三つだけあった。フルート、トロンボーン、そしてティンパニ」

僕の心臓と足音とが、ティンパニのように共鳴する。視界に街の灯が戻ってくる。坂を下れば駅前の商店街の賑《にぎ》わいが肌で感じられるようになる。

「フルートとトロンボーンは、たとえ自分の演奏が休みでも、ロビーを抜け出すには無理がある。まわりの目があるから。でもティンパニならできた。打楽器はオーケストラのいちばん後ろに配置される。手に持つものも軽いマレットだけだから、そっと置いて持ち場を離れれば気づかれない」

「……いや、ちょっと待ってよ」

ふとした疑問を僕はキリカの語りに差し込んでいた。

「他の楽団員には気づかれなかったかもしれないけど、ほら、指揮者だけはオーケストラと向かい合ってるわけだから、たとえティンパニがいちばん後ろでも気づかれるんじゃないの」

「気づかれたなら、たぶんそれでよかった。犯人にとっては」

「……え？」

「気づかれたということは、指揮者が自分を見ていたということ。石崎涼介が、耳だけでなく目でも自分を認識してくれていたということ。想い人にとって、自分がただのオーケストラの部品のひとつではなかったということ」

けっきょく気づかれなかったのだけれど、とキリカはつぶやく。

そうして彼女の犯行は完成し――この聖夜に、実を結んだ。

……結んだのか？　とふと疑問に思う。クリスマスイヴをちょっといっしょに過ごせただけじゃないか。しかも、べつに恋人同士になれたわけではなく、デートを楽しめたわけでもなく、共有した時間の半分くらいは市民会館の人に謝ったり引き取った犬を世話したりといった無粋な用事に費やされてしまった。それだけのために、あんなに面倒な手間をかけてあちこちに仕掛けをつくって危うい計画を進めて――しかも最後は、生徒会探偵が見逃してくれてようやく事が運んだ。あんたはそれでよかったのか？

よかったんだろうな。慕う気持ちのためにとんでもないことをやってのける例を、僕は生徒会探偵助手としてこれまでいくつも見てきた。人の想いは、底が知れない。

商店街に差しかかる。ディスカウントストアの前を通りかかったとき、ちょうど店内BGMでかけられている第九の合唱が聞こえてきた。


――抱擁を受けよ、もろびとよ！

――この口づけを全世界に！


しかし、これでよかったんだろうか、というもやもやした気持ちは拭い去れなかった。

瑞希さん、けっこうアレなことをやってきたんだぞ？　大量の盗み――すぐに新しい楽譜が支給されたから被害はあまりなかったとはいえ——犬の放置も市民会館の人を怒らせて白樹台フィルの評判を少々下げてしまったわけだし……。

思えば生徒会探偵は、これまでも善悪だの倫理だのにまるで興味がなさそうだった。犯人を断罪するとか正義の名の下に告発するとか、そういう輝かしい使命感とはきれいさっぱり無縁だった。だから今回キリカが瑞希さんの犯行を糾弾しなかったばかりかご丁寧に完遂まで見届けたことも、さほど意外とは思わない。

ただ——やっぱりもやもやする。

「あのさ、キリカ」

駅前のバスロータリーまでやってきたところで勇気を出して訊いてみる。

「春川先生に言ってたよね。ある人物の名誉と利益のために真相を教えない、って。でも瑞希さんの名誉とか利益って、ええと、こう言っちゃなんだけど、守るほどのものだったのかな。べつに同情するような事情があったわけでもないし、ぜんぶ本人のわがままでやったことだし、いやそりゃ被害はほとんど出なかったから放っといてもよかったってのはわかるんだけどさ」

キリカは立ち止まり、不機嫌そうに斜め下を向いてぼそりと言った。

「犯人のためじゃない」

「……え？」

「ある人物の名誉と利益、というのは犯人のことじゃない」

「……じゃあ、だれ？」

「わたし」

は？　という僕の間抜けな声が、商店街の騒がしさにすぐさまかき消される。

「わたしが自分の利益のために、あの犯行を告発せずに最後までやらせたの」

「どうして」

「最後までやらせなかったら今夜こうして見届けに来られなかったでしょ」

「え、ええと？　意味がわからないっていうか……そもそもなんで僕らはわざわざ今日こうやって現場まで見にいかなきゃいけなかったの？　べつに犯行を止める意図もなかったし瑞希さんとか石崎先輩とかになにか言うわけでもなかったんだよね、それなら」

「ひかげのばか！」

キリカは顔を真っ赤にしていきなり怒りを爆発させた。

「ここまで説明してなんでわからないのっ！　探偵助手失格！　しばらくおやつあげないから！」

あまりの剣幕に、周囲の通行人もびっくりしてこちらを注目した。キリカは大股で歩道を歩き出す。僕はあわててその後を追った。

「いや、ごめん、ほんとばかで、でも、ええと、説明？」してたっけ？　事件の説明とか犯人の動機は詳しく話してくれてたけど？

「もういい。ひかげに期待したわたしがばかだった」

キリカはむくれてコートの襟を立て、赤くなった顔を僕の目から隠した。申し訳ない気持ちでいっぱいだったけれど、わからないものはわからない。今の話だけで理解できているなら僕はひとりで事件解決できてしまうだろう。

謝罪の言葉を探しながらとにかくキリカになにか声をかけようと口を開いたとき、彼女はぴたりと立ち止まって振り向いた。

「……そんな無能なひかげが、少しでも助手の仕事をましにこなせるようにっ」

彼女はぶっきらぼうに言って、ポケット——ウサギが入っているのとは逆の方——に手を突っ込み、緑色の四角い包みを取り出して僕に突きつけた。B6くらいのサイズで、星をちりばめた柄の包装紙に真っ赤なリボンがかけられている。僕は目を丸くして包みを受け取った。

「それをあげるから活用して」

「……え、え？　……ええと。うん、ありがとう。……開けてもいい？」

キリカは耳まで真っ赤にしてうなずいた。僕はその場でリボンをほどいて包みを開いた。平べったい紙の箱に入っていたのは——

「わ。ポメラだ」

ハンディサイズのデジタルメモだった。ＰＣと同じ配列の展開式キーボードがついていて、ノートＰＣよりもずっと小さくポケットに入れることもできるので、出先でテキストを打つのにとても便利なすぐれものだ。

「前から欲しかったやつ！　……え、いいの？　こんな高い物もらっちゃって」

「あげるって言ったでしょ」

「あ、ああ、うん、ありがとう。……えっと、これってひょっとして——」

「プレゼントなんかじゃないからっ」キリカは顔を紅潮させて必死に言った。「変な包み紙とリボンはお店の人が勝手にかけちゃっただけでわたしはそんなことしてくれなんてひとことも頼んでないんだからっ」

「あ、うん、わかった、わかったよ」僕はポメラを丁寧に箱にしまうと、自分のコートのポケットにおさめた。「でもほんとにありがとう。……ううん、困ったな、キリカにこんなのもらえるなんて思ってなくて、なにも買ってないよ」

「だからクリスマスプレゼントなんかじゃないのっ探偵業務で使う備品なのっ！」

そう言い張られても、こっちの気持ちってものがあるだろうが。

「でも、ひかげがどうしてもっていうなら」

キリカは歩道に面したとある店のドアを指さした。ガラスに白い塗料で雪の結晶やトナカイやサンタクロースが描かれ、店内ではキャンドルの火が揺れ、カップルや家族連れがケーキや紅茶ののったテーブルを囲んで談笑している。

奇《く》しくも、今日の昼に朱鷺子さんにおごってもらったあのカフェであった。

「ケーキをごちそうされてもいい」


ケーキを食べ終えてメリー・クリスマス&ア・ハッピー・ニュー・イヤー、それじゃあキリカさようなら……で僕の一年は気持ちよく終わりそうな雰囲気だった。ところが驚いたことに、まだ続きがあった。店を出ると、それまでキリカのコートのポケットでじっと隠れていたウサギが頭を出して、ぷはあっと息をつき、それから「おい、おまえら、これから俺をどうするんだ？」とでも言いたげにキリカと僕の顔を見比べたのだ。

「……そういえばこいつ年末年始どうするっていう話になったんだっけ」

けっきょくあれこれ騒ぎがあって結論がうやむやになっていた気がする。

「わたしの家に連れていく」

キリカが言うので僕はびっくりして彼女の顔を見た。

「帰省はしないって言ってなかったっけ。お父さんと顔を合わせたくないとか」

「パパは先週くらいに急な商談が入ってボストンに行った。年明けまで帰ってこない。それにママの仕事がちょうど一区切りついて、いま家にいるの」

「へえ。そりゃよかった」

母親とは関係良好らしいので、今年は母娘二人水入らずで幸せなクリスマスが過ごせることになる。

ところがキリカはこんなことを言い出した。

「ひかげもわたしの家に来るの」

「へっ？　……な、なんで？」

「ひかげの世話をいつもしていたのはひかげでしょ、だからひかげのことをいちばんよく知ってるのはひかげだし、餌とかトイレとか散歩とか色々気をつけなきゃいけないことも教えてもらわなきゃだし、ひかげが一度うちに来るのがいちばんいいでしょ！」

「え……いや……ううん、僕はまあいいけどお母さんは迷惑じゃない？　せっかくのクリスマスなのに」

「ママもひかげに逢いたがってるから」

「なんでだよっ？」

「前に話したときに面白そうな人だから今度連れてきてって言ってた」

「いや、でもさ……」

なにか言うべきことを探してた僕の足を、だれかがぽんぽんと小突いた。見下ろすとキリカのコートのポケットから身を乗り出したウサギだ。

なんだよ。早く暖かい場所に行きたいからぐちゃぐちゃ言ってないでとっとと言う通りにしろ、ってのか？

わかった、わかったよ。

「じゃあ寮にいったん戻って荷物とってくるから駅で待ってて――」

「大丈夫、学園まで迎えの車が来てくれるから」

なんかむちゃくちゃ用意がよくないですかっ？

そんなわけで僕のクリスマスイヴはこれで終わらないどころかむしろここからがたいへんなのだけれど、聖橋家での出来事を語るのは次の機会に譲ることにする。

〈了〉

あとがき

はじめて『生徒会探偵キリカ』を手に取ってくださった方、はじめまして。久しぶりに読んでくださった方、ご無沙汰しております。四年以上もお待たせして申し訳ありません。ようやくキリカの新作をお届けすることができます。

本書は『生徒会探偵キリカＳ１』と銘打たれていますが、２０１５年6月に発刊された『生徒会探偵キリカ6』のそのまま続きです。長期間空いてしまったことと、前巻でちょうど話が一区切りついていたことから、新章開始ということでSの字をつけて巻数を１からまた始めることにしました。Sは《新》のイニシャルでもあり《Second Season》のイニシャルでもあります。

これを機にキリカを知らない読者の方が完全新規シリーズなのかと勘違いして買ってついでに無印シリーズ6巻すべて買いそろえてくれないだろうかという商業上の理由も少しはあります。すみません嘘をつきました。少しではなく大部分の理由はそれです。ほんとうはSは《商業》のイニシャルです。この巻から読んでも話とキャラがわかるように書きましたので安心してお買い求めください。ありがとうございます。

本書前半が議員選挙の話なので、現実の選挙に合わせて新シリーズ開始してプロモーションしよう、都議選にしようか参院選にしようか衆院選かはたまた統一選か——なんていう皮算用を講談社の方々と話しておりましたが、あれよあれよと原稿が遅延し、その間にいくつもの選挙が過ぎていきました。ほんとうにごめんなさい。

その代わり（？）編集部はもっととんでもないプロモーション案を呑んでくださいました。今巻と同時発売で、講談社ラノベ文庫から『天才美少女生徒会長が教える　民主主義のぶっ壊し方』というタイトルの本が出ます。著者は天王寺狐徹。我らが生徒会長です。生徒会探偵キリカ番外と附されてはいますが、小説ではありません。まったく冗談でもなんでもなく、小説ではありません。政治と歴史についての解説本です。ライトノベルレーベルから小説以外の本が出る、というのは少数ながらも先例があると思いますが、さすがに政治関連の本が出るのは前代未聞ではないでしょうか。狐徹のキャラ全開の、わかりやすく面白い政治入門書になりました。どうぞあわせてお読みください。

本書前半の議員選挙エピソードのために思いついたアイディアは、細かい数字のつじつま合わせをたくさん必要とするものでした。最初はテキストファイルにただ数字を並べて電卓で計算していたのですが、手間がかかりすぎてやっていられなくなり、しかたなくうろ憶えの Excel を使って表を組みました。

そこまでやっておいて、肝心の原稿で数字ではなくキャラ名の方を取り違えるというヒューマンエラーをやらかし、著者校正で冷や汗をかきながら直しました。いつもながら校正・校閲さんには頭が上がりません。今回とくにお手数をおかけしました。

本書後半の合同演奏会エピソードは、驚きの八年越し伏線回収です。マエストロ石崎をはじめとした音楽系部活動の面々の初出は無印第1巻なのです。八年前、キリカ初巻の原稿を書きながら、もし作中の時間がクリスマスまで進むことがあったらこのコンサートの話を書ければいいな……と考えて12月23日という具体的な日付まで指定してしまったことを記憶しています。

しかし、時の流れは残酷なもので、八年前は想定もしていなかった変化が今になってこの日付を直撃してしまいました。そうです、譲位によって12月23日が天皇誕生日ではなくなってしまったのです。

ということで、発売直後に本書を読んでくださった方は、きっとこの話は時代設定がまだ平成なんだろうなあ、と思っていただき、令和の世がだいぶ下ってから本書を読んでくださった方は、23日に授業がないっぽい描写だけどたまたま週末だったのかな、それとも試験休みかなにかかな、と思っていただければ幸いです。

そんなわけで、担当編集K氏をはじめ大勢の方々のご助力により、今巻ならびに『民主主義のぶっ壊し方』の刊行にこぎ着けることができました。感謝に堪えません。また、本シリーズのもう一人の作者ともいえるぽんかん⑧さんも、今回張り切って素敵なイラストをたくさん寄せてくださいました。この場を借りて厚く御礼申し上げます。

二〇一九年十月　杉井　光

生徒会探偵
キリカ1
著＊杉井光
絵＊ぽんかん⑧
売中!
ハイテンション学園
ラブコメ・ミステリの
決定版!

yonde ne!
生徒会探偵キリカ3
著*杉井光 絵*ぽんかん⑧
生徒会探偵キリカ2
著*杉井光 絵*ぽんかん⑧
生徒会探偵キリカ4
著*杉井光 絵*ぽんかん⑧
生徒会探偵キリカ5
著*杉井光 絵*ぽんかん⑧
生徒会探偵キリカ6
著*杉井光 絵*ぽんかん⑧

講談社ラノベ文庫

生徒会《せいとかい》探偵《たんてい》キリカS《エス》 1

杉井《すぎい》光《ひかる》

2019年11月28日第1刷発行

発行者	森田浩章
発行所	株式会社　講談社 〒112-8001 東京都文京区音羽2-12-21
電話	出版　(03)5395-3715 販売　(03)5395-3608 業務　(03)5395-3603
デザイン	blue
本文データ制作	講談社デジタル製作
印刷所	豊国印刷株式会社
製本所	株式会社フォーネット社

ISBN978-4-06-517170-7　N.D.C.913　269p　15㎝
定価はカバーに表示してあります

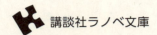

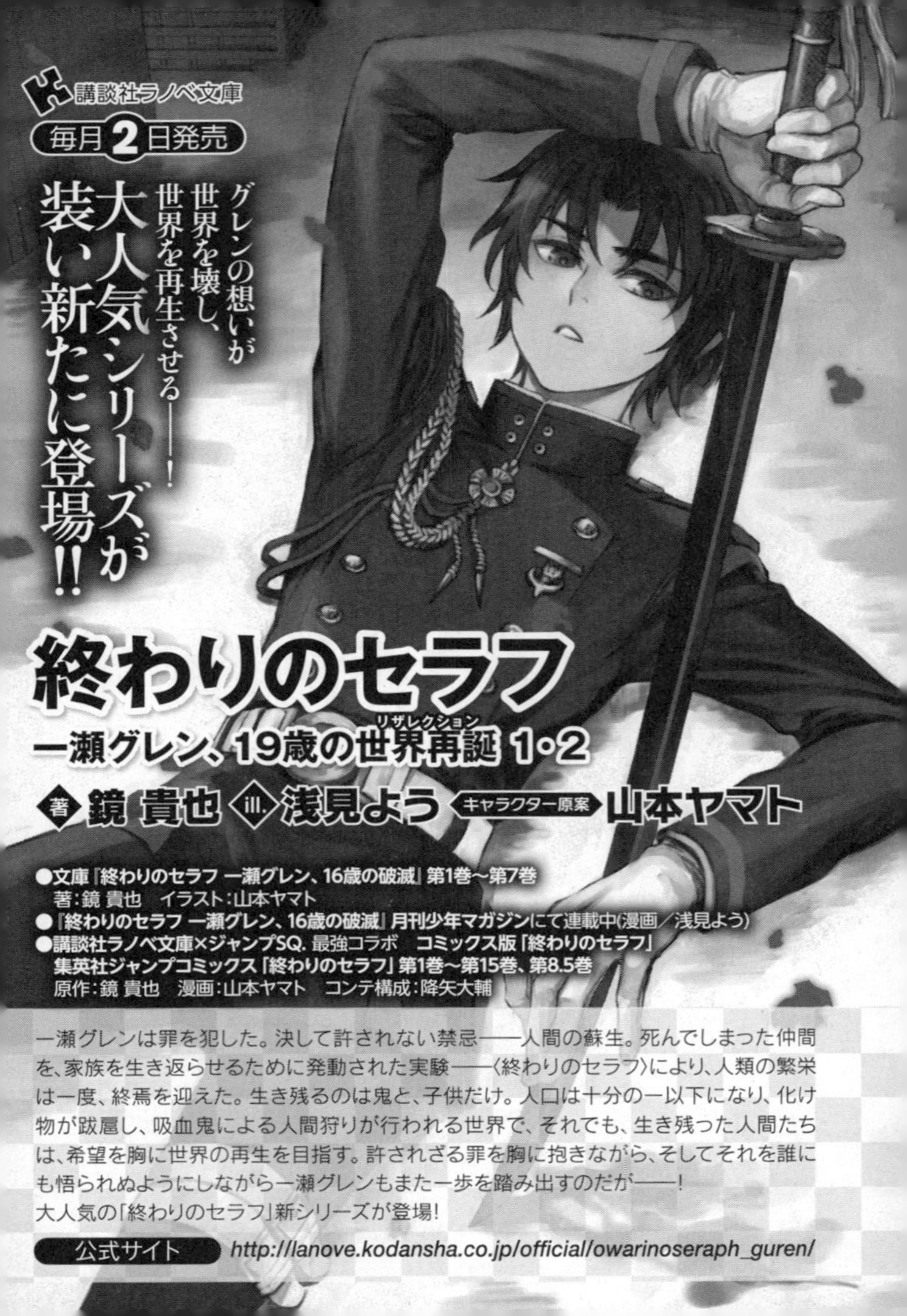
講談社ラノベ文庫
毎月2日発売
グレンの想いが
世界を壊し、
世界を再生させる――!
大人気シリーズが
装い新たに登場!!
終わりのセラフ
一瀬グレン、19歳の世界再誕《リザレクション》 1・2
著 鏡 貴也　ill. 浅見よう　キャラクター原案 山本ヤマト
●文庫『終わりのセラフ 一瀬グレン、16歳の破滅』第1巻～第7巻
著:鏡 貴也　イラスト:山本ヤマト
●『終わりのセラフ 一瀬グレン、16歳の破滅』月刊少年マガジンにて連載中(漫画/浅見よう)
●講談社ラノベ文庫×ジャンプSQ. 最強コラボ　コミックス版「終わりのセラフ」
集英社ジャンプコミックス「終わりのセラフ」第1巻～第15巻、第8.5巻
原作:鏡 貴也　漫画:山本ヤマト　コンテ構成:降矢大輔
一瀬グレンは罪を犯した。決して許されない禁忌――人間の蘇生。死んでしまった仲間を、家族を生き返らせるために発動された実験――〈終わりのセラフ〉により、人類の繁栄は一度、終焉を迎えた。生き残るのは鬼と、子供だけ。人口は十分の一以下になり、化け物が跋扈し、吸血鬼による人間狩りが行われる世界で、それでも、生き残った人間たちは、希望を胸に世界の再生を目指す。許されざる罪を胸に抱きながら、そしてそれを誰にも悟られぬようにしながら一瀬グレンもまた一歩を踏み出すのだが――!
大人気の「終わりのセラフ」新シリーズが登場!
公式サイト　http://lanove.kodansha.co.jp/official/owarinoseraph_guren/